투신전기 8권

초판1쇄 펴냄 | 2021년 01월 15일

지은이 | 새벽검
발행인 | 성열관

펴낸곳 | 어울림 출판사
출판등록 / 2009년 1월 23일 제 2015-000062호
주소 / 경기도 고양시 일산동구 무궁화로 43-55, 801호 (장항동, 성우사카르타워)
TEL / 031-919-0122
FAX / 031-919-0127
E-mail / 5ullim@hanmail.net

ⓒ2021 새벽검
값 8,000원

ISBN 978-89-992-7061-1 (04810)
ISBN 978-89-992-6693-5 (SET)

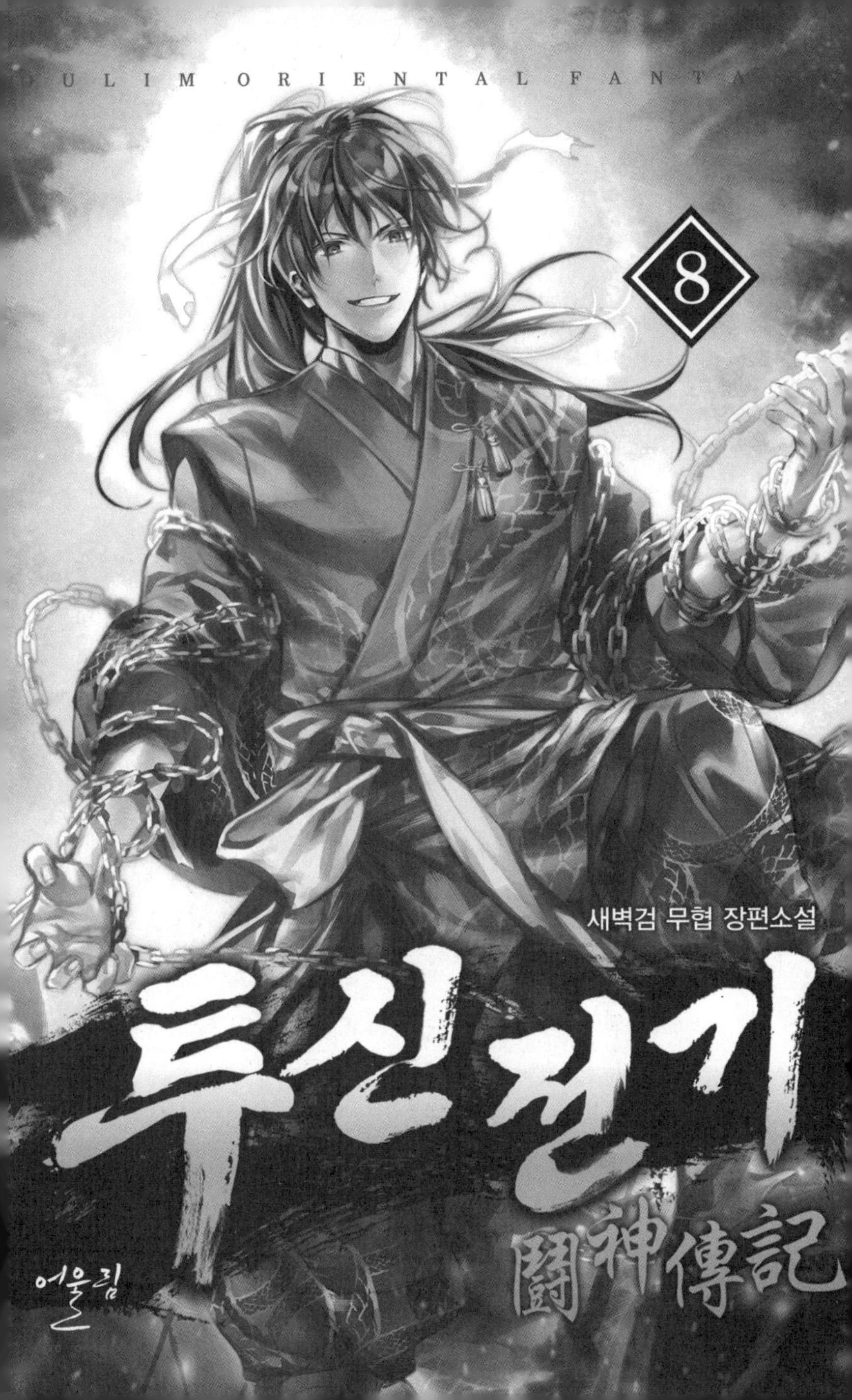
ULIM ORIENTAL FANTA
8
새벽검 무협 장편소설
투신전기
鬪神傳記
어울림

목차

세 사람

직사각형의 작진 않지만 그렇다고 크다고 볼 수도 없는 적당한 크기의 방.

둥그런 탁자에 놓인 세 개의 의자에 세 명의 사람이 앉아 있었다.

그들은 서로를 바라보며 눈을 맞추고 있었지만, 섣불리 입을 여는 사람은 없었다.

묘한 긴장감이 흐르고 제일 먼저 입을 연 쪽은 검은색 무복을 차려입은 중년의 남자였다.

"어색하구만."

마중혁은 어색함에 볼을 긁적였다.

 6

과거의 은섬은 어린 소녀에 불과했다.

실제로 지금도 은섬은 마중혁의 삶의 절반밖에는 살지 않은 어린아이가 분명했으나, 지난 오 년이란 세월은 과거 속 은섬의 모습을 많이 바꾸어 놨다.

덕분에 소녀에서 여인이 된 은섬을 마주하게 된 마중혁은 괜스레 그녀가 낯설게 느껴졌다.

"그래서 방법이 뭐야?"

어색함을 깨보려 마중혁이 질문을 던졌고, 가만히 앉아 있던 은섬이 입을 열었다.

"사장로가 갇혀 있는 곳은 사악교단에서도 가장 깊숙한 곳이야. 과거… 무림맹이 중원에서 가장 위험한 마두들을 가두어두던 곳이지."

"무림맹의 지하감옥."

"그래. 그곳은 입구와 출구가 하나이며, 빈틈이 전혀 존재하지 않아. 밤낮을 가리지 않고 사악교의 정예무인들이 지키는 곳인데다가, 비림의 살수들은 보이지 않는 곳에 숨어 지하감옥의 침입자를 감시하고 있지."

입출구가 하나이며 매시간 사악교의 정예무인과 비림의 살수들이 지키고 있는 곳.

무림맹의 지하감옥은 단 한 명의 탈옥자도 낳은 적 없던 감옥계의 철옹성이었다.

은섬의 설명을 듣고 있던 마중혁은 마치 똥이라도 씹은 듯한 얼굴로 인상을 찡그렸다.

"그런 곳엘 어떻게 들어간다는 거야?"

"딱 한 군데 아무도 생각하지 못하는 입구가 있어."

"한 군데?"

"배수구."

"배수구라면… 설마…….."

"무림맹은 자신들이 가두어둔 마두나 죄수들이 물에 빠져 익사하길 바라지 않았는지 배수구를 만들어놨어. 그곳이……."

은섬의 시선이 마중혁에서 태무선에게로 옮겨갔다.

"유일한 통로입니다."

"배수구라 좁겠네."

"예전의 저라면 들어갈 수 있었을 테지만, 지금은 불가능합니다."

배수구는 특성상 그렇게 클 필요가 없었다.

지하감옥에 차오른 물을 빼내기만 하면 되는 용도였기 때문에 배수구의 크기는 어린아이가 온몸을 웅크리고 기어가야만 들어갈 수 있는 크기.

과거의 은섬이라면 모를까 여인으로 장성한 은섬이 들어가기엔 턱없이 작은 통로였다.

"그럼 애초에 못 들어가는 거 아니야?"

"통로는 그곳밖에 없어 그 외의 방법으로는 정면돌파하는 수밖에."

그들에게 주어진 방법은 두 가지였다.

첫 번째는 일반인은 도저히 뚫고 갈 수 없는 깊고 좁은 통로를 따라 지하감옥에 침입하는 것.

두 번째는 지하감옥을 정면돌파하는 것.

첫 번째는 좁은 통로를 기어갈 수 있는 작은 사람이 존재해야 했으며, 두 번째는 사악교의 전부와 직접 부딪쳐야 했다.

어느것 하나 쉬운 일이 없었다.

잠시동안 머리를 쥐어뜯으며 고심하던 마중혁은 입술을 움직여 입을 열었다.

"제가 교에서 작은 배수로를 통과할 수 있을 만한 아이를 찾아보겠습니다."

"한 명 있어."

침묵하던 태무선이 입을 열자 마중혁과 은섬의 시선이 태무선에게로 쏠렸고, 그는 의자에 등을 기댄 채로 팔짱을 꼈다.

"한 명. 믿을 만한 아이가 있어."

＊　＊　＊

"후우… 후우… 장난 아닌데!"

취광남은 자신의 앞에서 가쁜 숨을 내쉬고 있는 소년을 바라보며 흥미로운 표정을 지었다.

팔락취선의 애제자 취광남.

또래 중엔 적수를 찾아보기 힘들었고, 그 나이 때의 팔락취선의 경지를 넘어섰다고 알려진 천재의 앞에 소백이라는 작은 소년은 물러서지도 밀리지도 않은 채 용맹하게 맞서는 중이었다.

"네 스승이 태무선이라고 했던가."

"네!"

"그렇다면 역시 쉬엄쉬엄 해주는 건 의미가 없겠어."

취광남은 허리춤에 매여 있던 호리병을 들어 마개를 입으로 연 후 그 안에 담겨 있는 투명한 액체를 벌컥 들이마셨다.

아찔하리만큼 독한 술이 입술을 타고 흘러 목구멍을 통과하자 취광남의 몸이 단숨에 달아올랐다.

"크흐! 역시 이 맛에 딸꾹! 배웠지……."

맛있는 술을 마음껏 마시면서도 무공을 펼칠 수 있다니.

이 얼마나 완벽한 무공인가.

취광남은 단숨에 비워낸 호리병을 뒤로 내던지며 소백을 향해 웃었다.

"자… 시작하자!"

취광남의 신형이 빠른 속도로 소백을 향해 달려들었다.

그의 신법은 신묘하기 그지없었고, 좌우로 움직이는 그의 신법에는 정해진 경로란 없었다.

한손에 검을 쥐고 다가오는 취광남을 노려보던 소백은 마른침을 삼켰다.

'지금부터가 진짜!'

지금부터가 취광남의 진짜임을 눈치챈 소백은 두 눈을 부릅뜬 채 다가오는 취광남을 향해 숨을 내쉬었다.

천마검법 광풍멸림(廣風滅林).

소백이 휘두른 검격에서 매서운 광풍과도 같은 검기가 뿜어져 나왔다.

강력한 돌풍을 머금은 검기는 목표를 정하지 않은 듯 사방으로 펼쳐지며 닿는 모든 것을 으깨고 부수기 시작했다.

'대단하네.'

소백과의 거리를 좁히던 취광남은 미소를 지으며 발끝에 힘을 더했다.

엄지발가락을 세워 땅을 박차고 날아든 취광남은 기둥을 밟고 앞으로 몸을 날리며 바닥을 구르며 지면에 닿은 등을 튕겨 몸을 일으켰다.

그의 기괴한 움직임은 취객이 비틀거리며 다가오는 것 같으면서도 소백이 무차별적으로 쏟아낸 광풍멸림의 검기를 모조리 피해내고 있었다.

'윽!'

광풍멸림을 펼친 소백은 난처한 표정을 지었다.

경로를 예측할 수 없었기에 광풍멸림을 펼쳐 빈틈을 노릴 생각이었는데, 취광남은 빈틈을 내보이기는커녕 빠른 속도로 거리를 좁혀왔기 때문이었다.

"흐읍!"

숨을 들이마시며 뒤쪽으로 몸을 날린 소백은 검을 쥔 손에 힘을 주며 단전의 내공을 끌어올렸다.

곧이어 소백의 두 눈동자에서 검은 안광이 번뜩였다.

천마검법을 사용할 때마다 나타나는 검은 안광은 예전보다 훨씬 더 진해졌다.

"태무선의 제자라더니 쉬엄쉬엄 할 수가 없네."

가볍게 지도해준다는 느낌으로 소백을 상대하려던 취광남은 허리춤의 호리병에 손을 가져다 댔다.

장난기가 어려 있던 취광남의 얼굴이 진지해졌다고 생각될 때쯤 취광남의 신형은 어느새 소백의 앞으로 다가와 있었다.

"헉!"

놀란 소백이 급히 검을 사선으로 베었다.

묵색의 검기가 솟구친 소백의 검이 취광남의 신형을 훑고 지나갔고, 소백은 어쩌면 자신의 검이 취광남을 베었을지도 모른다고 생각했다.

'죽이면 안 되는데!'

이건 단순한 지도대련이었으니 상대를 죽여선 안 된다.

소백의 머릿속에 취광남의 안위에 대한 걱정이 피어날 무렵 소백의 고개가 급격하게 젖혀졌다.

"큭!"

둔탁한 소음과 함께 고개가 젖혀진 소백의 코에서 피가 튀어 올랐다.

'어떻게 된 거지?'

분명히 취광남을 베었을 거라 생각했던 자신의 검은 허공을 갈랐으며 착각에 대한 대가는 꽤나 고통스러웠다.

아득해지는 고통 속에서도 간신히 정신을 부여잡은 소백은 뒤로 물러서며 자세를 고쳐 잡았다.

그러나 소백이 정신을 채 차리기도 전에 그에게 다가온

취광남이 매섭게 손을 놀렸다.

퍼버버벅—!!

경쾌하기까지 한 취광남의 권격이 소백의 작은 몸을 사정없이 두들겼고, 소백은 허공에서 몸을 퍼덕였다.

"후! 괜찮냐?"

"끄…응! 괜찮아… 보이십니까."

소백이 어기적대며 몸을 일으키자 이를 바라보던 취광남이 입가에 웃음을 지었다.

"말하는 걸 보니 아직 괜찮은 모양이네."

"칫."

간신히 신형을 일으켜세운 소백은 매서운 눈길로 취광남을 노려봤다.

태무선이 떠난 후.

무신각에 홀로 남겨진 소백은 장소련이라는 신비로운 외모를 가진 여인의 안내를 받아 무신각의 무인들과 자웅을 겨뤘다.

타고난 재능과 태무선의 가르침.

당대 최강의 검법 중 하나였던 천마의 천마검법을 터득한 소백은 어린 나이임에도 불구하고 파죽지세의 기개를 보이며 무신각의 무인들을 하나둘씩 정복해나갔다.

하지만 이러한 소백의 기세는 참흔부터 가로막히기 시작했다.

참흔과의 첫 싸움과 첫 패배.

그 이후로도 소백은 취광남과 초월에 의해 지도대련이라
는 명목하의 폭행을 당하게 되었다.

'이번만큼은……'

소백의 소망은 매우 소박했다.

취광남의 몸에 작은 자상이라도 새겨넣는것.

그러나 소백은 신묘하다 못해 기괴하게 움직이는 취광남
의 몸에 손끝 하나 건들 수 없었다.

'눈으로 쫓을 순 있지만, 의미가 없어.'

취광남은 태무선과 달리 눈으로 쫓을 수 없을 만큼 빠르
진 않았다.

문제는 눈으로 쫓는다 하여 그를 벨 수 있는 건 아니었
다.

'닿질 않아……'

취광남의 움직임은 다른 무인들과는 확연히 달라 도무지
예측할 수 없었다.

그렇다면 소백에게 남은 수는 단 하나였다.

'도박.'

예측이 불가하다면 도박을 해보는 수밖에.

소백은 검을 쥔 손에 힘을 더하며 천마검법 중에서도 가
장 많은 검격을 담고 있는 검법을 펼치기로 마음먹었다.

'천마난격.'

천마검법 중에서도 가장 어지러운 검로를 가진 천마난격
이 소백의 손과 그에 쥐어진 검을 통해 발현되자 취광남을
향해 검은 검기 다발이 날아들었다.

촘촘히 짜인 그물처럼 빈틈이 보이지 않는 검기 다발 속으로 취광남이 스스로 몸을 던졌다.

'스스로 들어오다니!'

소백은 취광남의 행동이 무모하다고 생각했다.

하지만 걱정도 잠시, 천마난격의 검기를 신묘한 움직임으로 피해내며 거리를 좁혀오는 취광남을 보며 소백의 눈이 저절로 커졌다.

'역시 말도 안 되는 움직임이야.'

취기를 이용해 펼치는 팔락취선의 취권.

도저히 인간의 움직임이라고는 볼 수 없었다.

'하지만 내게도 생각이 있다고!'

어찌보면 절망적인 상황에서도 소백은 희망을 놓지 않고 눈을 부릅떴다.

소백의 눈에 비친 묵색의 안광이 더욱 짙어지는 순간, 소백의 눈은 정확히 취광남을 향하고 있었다.

'순간이동이라도 하는 게 아니라면, 피할 수 있는 경로는 총 세 군데.'

세 군데를 동시에 공격하는 것은 불가능이었기에 소백은 세 군데 중 한 군데를 공략해야 했다.

그가 선택한 곳은 세 군데 중에서도 가장 짧은 경로.

소백은 검을 허리춤으로 끌어당기며 몸을 내밀었다.

취광남과 소백의 거리가 좁혀지는 순간, 소백의 검에서 짧은 빛이 번쩍였다.

번쩍—! 찌이이잉—!!

"크윽!"

소백의 도박은 성공했다. 그의 예상대로 취광남은 고개를 위로 들어올렸고, 소백의 검은 정확히 취광남의 미간으로 찔러들어갔다.

그러나 소백의 검은 취광남의 미간에 닿지 못했다.

그보다 먼저 날아든 취광남의 손등이 검의 옆면을 후려친 것이다.

뒤이어 소백과의 거리를 바짝 좁힌 취광남은 어깨를 들썩이며 말했다.

"방금 건 아쉬웠어."

"그러게요."

휘익―

취광남의 두 손이 소백의 턱과 오른쪽 어깨를 꺾으며 그를 짓눌렀고, 소백의 작은 몸은 그대로 바닥에 처박히며 소백의 기억도 함께 끝이 났다.

"후우!"

가뿐할 줄 알았던 소백과의 대련에서 꽤나 고전을 면치 못한 취광남은 이마에 맺힌 땀을 소맷자락으로 훔쳤다.

"태무선의 제자라 그런지 술이 확 깨네."

마지막에 소백이 내지른 회심의 찌르기는 취광남에게도 매우 위험했다.

기민한 반응으로 검을 쳐내지 않았다면, 소백의 검은 취광남의 이마에 깊은 상처를 새겼을 것이다.

"위험했어."

취광남은 검지와 중지로 이마를 매만지며 가벼운 한숨을 내쉬었다.

"수련은 잘 끝나셨나요."

등 뒤에서 들려오는 익숙한 목소리에 취광남이 신형을 돌렸다.

그리고 그곳엔 홍색의 비단옷을 입고 있는 금발의 여인이 기절한 소백과 자신을 번갈아보며 서 있었다.

"흠흠. 실전처럼 해달라기에… 나름 손속에 사정을 두긴 했소."

"감사해요. 이 아이도 그리고 교주님께서는 그러길 바라셨을 거예요."

"그런데 각주께서는 어쩐 일이십니까."

지도대련 때에는 웬만하면 모습을 드러내지 않던 현 무신각의 각주, 장호련의 등장에 취광남이 의아한 표정을 짓자 장호련은 소백에게로 다가가 그의 벌어진 앞섶을 정돈해주며 말했다.

"손님이 올 거예요."

* * *

"여기가 무신각… 이곳에 비역만의 만주가 있는 겁니까?"

"응."

마중혁 그리고 은섬과 함께 무신각을 찾아온 태무선은 기억을 되짚으며 무신각의 정문으로 걸어갔다.

한편, 무신각을 지키던 성난 근육질의 사내들은 태무선의 얼굴을 알아보고는 급히 몸을 비틀어 길을 열어주었다. 과거의 뼈아픈 기억 때문인지 문지기들의 얼굴엔 긴장감이 역력했다.

태무선은 문지기들이 터준 길을 따라 문을 열고 무신각으로 들어섰고, 그의 등장에 무신각에 머물던 무인들이 일제히 하던 일을 멈추고 태무선을 응시했다.

"오래만이네 이곳도."

1층부터 5층까지.

장호련을 만나기 위해서 많은 강자들을 꺾어야 했다.

물론 덕분에 장호련은 무신각을 얻었고, 태무선은 소백을 이곳에 맡길 수 있었다.

"생각보다 일찍 오셨네요."

경계와 경외의 중간쯤의 시선을 받으며 서 있던 태무선은 어디선가 모습을 드러낸 장호련을 마주했다.

그리고 그녀의 뒤에는 소백이 서 있었다.

"스승님!"

태무선을 알아본 소백이 환한 얼굴로 달려오자 은섬과 마중혁이 의아한 얼굴로 태무선을 바라봤다.

"스승님? 교주님, 언제 제자를 들이셨습니까?"

마중혁은 질투가 섞인 혼란스러운 얼굴로 소백을 바라보며 물었고, 태무선은 다가오는 소백을 반기며 대구했다.

"천마도에서."

"아아… 교주님 외에도 그곳에서도 제정신을 유지할 수 있는 자가 있었군요."

태무선의 제자라서 그런지 은섬과 마중혁은 신기한 눈빛으로 소백을 바라봤다.

아직 약관의 나이에 다다르기엔 한참 남은 듯 너무도 어려보이는 소년.

그 소년은 천진난만한 얼굴로 태무선을 올려다보고 있었다.

"그래. 잘 있었냐."

"네! 스승님의 말씀처럼 열심히 수련하고 있었습니다."

"잘했다."

태무선의 무심한 손길에도 기분이 좋았는지 소백의 얼굴엔 함박웃음이 지어졌다.

"하려던 일은 잘 마무리 지으셨습니까?"

장호련은 태무선에게로 다가오면서도 어느새 흑의로 옷을 갈아입고 죽립을 쓰고 있는 은섬을 발견했다.

백의와 백발의 머리는 눈에 띄지 않을 수 없었기에.

그리고 그것들이 백귀의 상징임을 알고 있기에.

은섬은 흑의와 죽립으로 자신을 가렸다.

그러나 장호련은 그녀가 은섬이자 백귀라는 것을 단숨에 알아차렸고, 가벼운 목례로 이를 드러냈다.

이에 은섬도 장호련과 가벼운 목례를 마쳤다.

"안으로 들어오시지요."

장호련의 안내를 받아 태무선은 무신각에 새로이 지어진
접객당으로 들어갔다.

* * *

"사악교의 위치를 찾는 것은 어렵지도 않습니다. 사악교
주가 무림맹이 있던 자리에 사악교를 새로 세웠으니까요.
하지만 문제는 그곳에서 어떻게 빠져나오냐입니다."

장호련은 말을 하면서도 탁자 위에 지도를 꺼내어 펼쳤
다.

넓게 펼쳐진 중원전도에는 사악교로 탈바꿈한 옛 무림맹
의 위치와 그에 따른 지역정보들이 적혀 있었다.

"장로님에게 남은 시간은 어느 정도입니까?"

장호련의 질문에 은섬이 답했다.

"내가 주군께 돌아섰다는 걸 그들도 알고 있을 테니 시간
은 없다고 봐도 무방해."

"시간이 없다라……."

사악교의 규모와 무인들의 숫자들로 미루어봤을 때 사강
목을 빼내기 위해서는 치밀한 계획이 필요했다.

이를 위해서는 계획을 세울 시간도 함께 필요했는데 문
제는 시간이 없었다.

잠시 고민하던 태무선은 자리에서 곧장 일어섰다.

모두의 시선이 태무선에게로 쏠리고 마중혁이 물었다.

"어디 가십니까?"

"은섬의 말대로 시간이 없잖아. 그러니 출발해야지."

"출발이요? 설마 지금 당장 사악교로 가실 생각이십니까!?"

마중혁은 그건 자살행위입니다라는 말이 목 끝까지 튀어나올 뻔했다. 그러나 이를 모를 리 없는 태무선의 얼굴은 여전히 담담했다.

"이대로 시간을 끌어봤자 사강목을 빼내올 수 있는 건 아니잖아. 그러니 가자. 어떻게든 될 테니."

"인정하긴 싫지만, 저도 마중혁과 같은 생각입니다.

곧장 사악교로 향하려는 태무선을 만류하려 은섬이 자리에서 일어섰다.

과거 고개를 한껏 치켜들어야 비등했던 태무선과 은섬의 눈높이는 어느새 비슷해져 있었다.

"사장로를 구하려다 주군이 위험해질 수도 있습니다."

"시간을 끌면 사강목이 위험해진다잖아."

"그렇다고 주군을 사지로 몰 순 없습니다. 위험하더라도 시간을 들여서 계획을 세우는 편이 안전합니다."

은섬은 단호했다.

그녀에게 있어서 가장 중요한 존재는 태무선이었기에 사강목의 목숨을 신경 쓸 재간이 없었다.

애초에 사강목의 위치를 위험을 무릅쓰고 알아낸 것도 모두 태무선을 위함이었다. 그가 죽음으로써 태무선이 슬퍼할 것을 알고 있기 때문이었다.

"챙길 만한 게 있으면 챙겨. 당장 움직일 거니까."

하지만 은섬이 단호한 만큼 태무선도 단호했다.

그는 이미 마음을 정한 듯 등을 돌려 접객당을 나섰고, 소백은 순진무구한 얼굴로 태무선의 뒤를 따라나섰다.

"흐… 교주님답다고 해야 할지 아니면……."

"무모해."

은섬의 입에서 무모하다는 얘기가 흘러나오자 마중혁의 눈이 동그랗게 변했다.

"지금 교주님께 무모하다고 한 거냐?"

"그래."

"허! 네 입에서 교주님이 무모하다는 얘기가 나올 줄이야."

태무선이 죽으라면 죽는 시늉이 아니라 진짜 자살을 시도할 만큼 그에 대한 충심이 대단한 은섬이 태무선을 두고 무모하다고 말할 줄은 꿈에도 몰랐던 마중혁이 은섬을 위아래로 그리고 양옆으로 훑었다. 그러자 은섬이 인상을 찡그렸다.

"그만 쳐다보고 대책이나 강구해. 이러다간 정말로 주군을 잃을 수도 있으니."

"그 사악교놈들이 그만큼 위험하다는 뜻이냐."

"난 오 년간 사악교에서 지냈고, 그동안 느낀 것은 그들이 아직 자신들의 진짜 힘을 드러낸 적이 없다는 거야."

"큼……!"

마중혁의 얼굴에 그림자라도 드리워진 듯 어두워졌다.

무림맹을 몰아내고 새로운 무림의 패권자가 된 사악교가

아직 전심전력을 드러내지 않았다는 것은 아직도 그들이 숨기고 있는 수가 많이 남아 있다는 뜻이었다.

"젠장…! 이럴 때 대주님이나 장로님이 계셨어야 했는데."

자신의 한계를 누구보다 잘 알고 있는 마중혁이었다.

지금이야 어떻게든 마교를 이끌어나가고 있었으나, 야차율과 사강목의 빈자리는 너무도 컸다.

"혹시 모르니 뇌노야와 함께 가는 게 낫겠어."

"시간이 없으니 서신을 보내 놔."

"그래야지."

은섬과 마중혁이 일사분란하게 움직이자 홀로 앉아 장죽을 피우던 장호련은 한쪽 구석에 조용히 앉아 있던 노인에게로 고개를 돌렸다.

"생각보다 무신각의 힘을 빌려야 하는 때가 빨리 찾아온 것 같네요."

"끌끌… 상대는 사악교인 겐가."

"네. 가장 상대하기 싫은 상대죠."

"투신의 제자라더니 거침없는 것은 똑 닮아 있군."

"일단 무인들을 준비해주세요. 어떤 일이 벌어질지 모르니까요."

"그렇게 하지. 어쨌든 자네가 이 무신각의 주인이니."

비역만의 만주이자 무신각의 각주가 된 장호련은 장죽을 피우며 희뿌연 연기를 내뿜었다.

예전에는 중원의 돌아가는 상황이 손바닥에 놓인 듯 훤

히 보였다. 하지만 지금은 자신의 시야를 좀먹는 회색빛의 담배연기처럼 보이질 않는다.

"싫다……."

보이지 않는 것.

예측할 수 없는 것보다 싫은 것은 없었으니.

장호련은 고개를 뒤로 젖히며 눈을 감았다.

감긴 눈 사이로 여전히 보이는 것은 아무것도 없었다.

한편, 접객당을 빠져나온 태무선은 무신각의 바깥쪽에 자리 잡은 낯익은 마차를 발견했다. 하얀 천으로 뒤덮인 마차에는 두 여인이 마부석에 앉아 있었고, 마차의 한쪽 문이 열리며 한 여인이 모습을 드러냈다.

만전을 기한 듯 아름다우면서도 움직이기 편하게 만들어진 백화궁의 화란무복을 입은 여인.

진사은이 가벼운 걸음으로 마차에서 내렸다.

"진사은?"

태무선이 의아한 표정을 짓자 진사은이 태무선의 앞으로 걸어왔다.

"사악교로 간다고 들었다."

"응."

"보아하니 시간에 쫓기는 것 같으니 내 마차를 빌려주마."

"괜찮겠어?"

"물론, 나도 함께 간다."

진사은의 일방적인 동행요구에 태무선이 별 고민 없이 고개를 가로저었다.

 "안 돼."

 고민 따윈 없는 단호한 대답.

 "네 의견을 물어본 게 아니다. 내 뜻을 전한 거지."

 하지만 진사은도 만만치 않았다. 그녀는 태무선을 향해 고갯짓을 하며 마차로 향했다.

 "백화궁에서 가장 빠른 말들이다. 사악교가 있는 곳까지는 오래 걸리지 않을 것이다."

 "왜 나를 돕는 거지?"

 "돕는 게 아니라 확인하는 거다. 네게 백화궁의 미래를 맡길 수 있는지 없는지를."

 "그런 거라면… 난 백화궁을 책임질 수 없어. 책임질 생각도 없고."

 "네가 백화궁을 책임질 필요는 없다. 어차피 태무선이라는 자는 사악교에 도착하면 알게 될 테니."

 더 이상의 대화는 없었다.

 진사은이 대답을 듣지도 않고 마차로 들어가 버렸기 때문이었다. 잠시동안 서서 마차를 바라보던 태무선은 뒤늦게 자신의 짐을 챙겨 나온 소백을 맞이했다.

 "준비 다 했습니다 스승님!"

 천진난만한 소백의 외침에 태무선이 마차를 손가락으로 가리켰다.

 "마차에 타라. 사악교까지는 마차로 이동할 테니."

"알겠습니다."

소백은 태무선의 말대로 마차에 올라탔고, 그 안에서 고운 자세로 앉아 있는 진사은을 마주했다.

"우, 우와."

진사은을 발견한 소백은 저도 모르게 감탄사를 내뱉었다. 그도 그럴 것이 지금까지 본 어떤 여자도 진사은만큼 아름답진 않았기 때문이었다.

장호련도 미인이었으나 그녀는 색목인이었기에 아름답기보다는 신비로운 느낌이었다면, 진사은은 그야말로 절세가인이라는 말이 아깝지 않을 정도였다.

"아, 안녕하세요."

뒤늦게 정신을 차린 소백이 어정쩡한 자세로 포권을 하며 인사를 하자 진사은은 가볍게 고개를 끄덕였다.

"네가 태무선의 제자더냐."

"그렇습니다."

"훌륭하구나."

진사은은 소백의 수준을 단숨에 꿰뚫어봤다.

아직 어린나이임에도 불구하고 소백의 경지와 수준은 백화궁의 정예검수들과 엇비슷할 정도였다.

이대로 시간을 좀 더 들여 무공을 갈고닦는다면 필시 이름난 무인으로 성장할 것은 자명했다. 소백이 마차의 한쪽 구석을 차지하고 앉자 태무선이 그 옆에 앉았다.

얼마 지나지 않아 은섬이 마차에 올라타 태무선의 왼편에 앉아 진사은을 바라봤다.

"백화궁의 소궁주께서 사악교로 가실 생각이십니까."

"그래. 이미 백화궁이 사악교에 반기를 들었다는 것을 보여주었으니, 확실히 해두어야겠지."

"확실히 해둔다면……."

"저 사내에게 백화궁의 미래를 맡길 수 있을지 없을지 말이다."

"나는 백화궁의 미래에는 관심이 없다니까."

태무선이 손사래를 치며 자신은 관심이 없음을 여과 없이 드러냈으나 진사은은 태무선의 말과 행동을 아주 가볍게 무시했다.

"동행하는 것은 상관없으나, 이대로라면 백화궁이 위험해질 수도 있습니다."

"나도 알고 있다. 그러니 최대한 빠르게 결론을 지어야겠지. 너희를 도울지 아니면, 사악교와 우호관계를 맺을지 말이야."

"쉽진 않을 겁니다."

"나도 알고 있다."

두 여인이 서로를 응시했고, 태무선은 팔짱을 낀 채로 눈을 감았다. 소백은 여전히 진사은에게서 눈을 떼지 못하는 모양이었다.

"아이고 죄송합니다. 뇌노야에게 서신을 보내느라 늦었습니다."

마지막으로 마차에 올라탄 마중혁은 이미 태무선의 양쪽을 차지하고 있는 소백과 은섬 때문에 할 수 없이 진사은의 옆자리에 앉게 되었다.

"저 교주님."

마차에 탄 마중혁이 평소엔 거의 보인 적 없던 진중한 얼굴로 태무선을 응시했다.

"왜?"

"만약 장로님께서 살아계시지 않는다면. 이미 그놈에게 당했다면 어찌 하실 생각이십니까."

쉽게 보자면 지금 이 마차가 향하는 곳은 삼도천이나 다름없었다. 목표로 했던 사강목이 죽었다면. 구할 대상이 없다면, 그들은 제 발로 죽음을 향해 걸어 들어가는 거나 마찬가지였다.

"그땐… 어찌 하시겠습니까."

마중혁의 물음에 모두의 시선이 다시 한번 태무선을 향했다. 모든 선택권은 태무선이 쥐고 있었고, 그는 여전히 무심하리만큼 담담하게 말했다.

"사강목이 살아 있다면 구하고, 죽었다면 죗값을 치르게 해야지."

짧고 간결한 대답.

마중혁의 얼굴엔 결의와 함께 뿌듯함마저 감돌았다.

'이것이 마교의 교주이자 나의 주군.'

무모하다는 말이 어쩌면 맞을지도 모른다.

전력의 차이가 극명함에도 불구하고 별다른 계획 없이 사악교로 쳐들어가는 것.

그러나 마중혁은 더 이상 불안함을 느끼지 않았다.

태무선이 가는 길이라면 그곳이 지옥길이라도 웃으며 따라갈 준비가 됐다.

"대화는 끝난 것 같으니 이만 출발하지."

진사은의 말이 끝나는 것과 함께 그들을 태운 마차가 힘차게 움직였다.

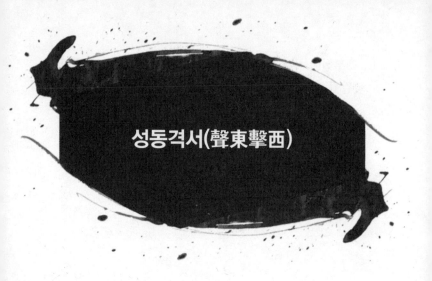

성동격서(聲東擊西)

태무선이 사악교 휘하의 사파 문파들과 무인들을 무너뜨리며 은섬을 구해내고 있을 무렵 무림맹도 놀고만 있진 않았다.

정신을 차린 구황천의 지시에 따라 무림맹의 무인들이 힘을 합쳐 북쪽에서부터 남하하며 자신들의 세력을 넓히기 시작했다.

물론, 넓히기 위한 전쟁을 벌일 필요는 없었다.

이미 십일문연합이라는 정파 문파의 연합체가 세를 키워나가고 있었고, 이에 무림맹이 가세하자 사파 문파들이 주춤거리며 물러서기 시작한 것이다.

"곤란하군."

그러나 이러한 상황에서도 곤란해 하는 이가 있었으니.

그는 바로 남궁수호였다.

어떻게 해서든 구황천을 맹주의 자리에서 끌어내고 싶어했던 남궁수호는 무림맹이 태무선의 활약에 탄력을 받아 잃었던 세를 되찾는 것이 못내 불편하게 느껴졌다.

구황천의 무능함을 보여야 그를 몰아내기 수월했기 때문인데, 이대로 가다간 구황천은 다시 한번 무림의 영웅이 되리라.

'이게 다 태무선 그놈 때문이다.'

갑자기 나타난 마교의 교주 녀석이 반폐인이 된 구황천을 깨우고 무림맹의 힘을 되찾아 주었으니 그야말로 눈엣가시가 아닐 수 없었다.

"부르셨습니까."

남궁수호가 똥마려운 강아지마냥 앉지도 못한 채 서성거리고 있을 때 멀리서 익숙한 목소리가 들려왔다.

"그래 들어오거라."

문이 열리고 들어온 이는 평범한 경장차림의 여인이었다.

약 30대 초중반으로 보이는 수수한 여인이 고양이처럼 살그머니 들어왔다.

"알아보라는 건 알아보았느냐."

"그게… 맹주님께서는 현재 구황목님을 만나고 계십니다."

"검신을? 흐음……."

구황목은 검신이기 전에 구황천의 할아버지였으니 둘이 만나는 거야 이상할 일은 아니었다.

그러나 둘의 만남은 남궁수호를 못내 불안하게 만들었다.

"뭔가 불안하단 말이지."

조신하지 못한 남궁수호의 눈동자는 불안한 듯 떨리며 허공을 응시했다.

"이렇게 단 둘이 찻잔을 기울이는 것도 오랜만이구나."

정자에 앉은 채 차를 마시던 구황목의 시선이 구황천에게로 닿았다.

광인이었던 모습은 온데간데없이 사라지고 머리를 곱게 빗어 올린 후 영웅건을 두른 구황천의 모습은 그야말로 옛 고서에서나 나올 법한 영웅의 모습을 하고 있었다.

"그래 마음은 정하였느냐."

"어느 정도 정했습니다. 하지만 아직 미천한 제 힘으로는 뜻을 채 펼칠 수 없습니다. 그러니 부디 힘을 보태주시겠습니까."

구황천이 열망이 가득 넘치는 시선을 보냈다.

구황목은 침묵했고, 고요한 눈빛으로 구황천이 아닌 찻잔을 내려다보았다.

찻잔에 담긴 찻잎이 수면 위에 떠올랐다가 푹 꺼졌다.

"난 아들을 잃었다. 둘밖에 없는 손자 중 한 명을 또 잃었지."

구황목의 목소리는 딱딱하면서도 애환이 느껴졌다.

"아내의 얼굴이 이제는 기억도 나지 않는구나. 난 무공을 남긴 대신 가족을 잃었단다."

세월의 흐름은 가족을 잊게 만들었지만, 무공은 결코 잊지 않았다.

이것이 등가교환이라는 걸까.

둘 모두를 갖는 것은 욕심이었던가.

검신이라 추앙받던 구황목조차 둘 모두를 가지는 것은 불가능이었다.

"난 이제 자신이 없구나."

"그게 무슨……."

이 중원에서 뭐든 이룰 수 있는 힘을 가진 검신이 자신이 없다는 약한 말을 내뱉다니.

구황천이 언뜻 이해가 안 된다는 표정을 내비치자 구황목의 입가에 서늘한 미소가 피었다.

"이제 이 중원은 네 손에 달려 있단다. 나 같은 늙은이들은 이제 그만 비켜줘야겠지."

"그런 말씀 하지 마십시오. 할아버님은 여전히……!"

"검신이지. 그래, 이젠 그 무거운 자리에서 이만 내려오려고 한단다."

구황천의 눈이 점점 커져갔다.

검신이라는 무겁고도 영광스러운 자리에서 내려오겠다는 말이 무엇을 뜻하는지 알고 있기 때문일까.

마른침을 삼키며 구황천은 고개를 숙였다.

이윽고, 구황목이 찻잔을 들며 말했다.

"준비하거라. 이제 때가 되었으니."

"알겠습니다."

가볍게 주먹을 말아 쥔 구황천의 손에서 희미한 빛이 감돌았다.

＊　＊　＊

"최근까지 비가 내리지 않았으니 수로가 막혀 있거나, 물로 가득 차 있진 않을 겁니다."

은섬이 지도를 펼친 채 설명했고, 이를 듣고 있던 태무선이 소백의 옷매무새를 정돈해주었다.

"지금이라도 힘들겠다면 말해라. 억지로 시킬 생각은 없으니까."

"할 수 있습니다. 지옥도에서도 살아남았는데 수로가 별거겠습니까."

흐뭇한 미소와 함께 태무선은 소백의 머리를 가볍게 쓰다듬어주었다.

"널 믿으마."

믿겠다는 한마디로 가슴이 벅차오른 소백은 고개를 힘차게 끄덕였다.

"네! 믿어주세요!"

작전은 단순하고 간단했다.

외부로 이어지는 수로를 이용해 소백이 안으로 들어가는 동안 태무선과 나머지는 사악교의 시선을 끈다.

그사이 수로를 타고 들어간 소백은 지하감옥에서 사강목을 찾아 구출한다.

아직 약관의 나이도 지나지 않은 소백에겐 꽤나 무리한 작전이었으나 뾰족한 수가 없었다.

이제 남은 것은 소백을 믿고, 자신들을 믿는 것뿐.

"교주님 만약 장로님이 이미 돌아가셨다면… 사악교와 전면전을 벌이실 겁니까?"

마중혁이 단도직입적으로 묻자 태무선이 고개를 끄덕였다.

"그래야지."

"듣자하니 사악교의 교주인 구황경은 무림맹주의 대행이었던 구황천을 가볍게 압도했다고 합니다. 구황천이 약한 자는 아니었을 텐데 말이죠."

마중혁의 저의는 간단했다.

사악교주의 힘이 보통이 아니라는 것.

게다가 더 두려운 것은 아직 그의 전신전력을 본 이가 아무도 없다는 것이었다.

"어떻게든 되겠지."

태무선은 한가로이 대답했지만, 그도 아무 생각 없이 이곳을 찾아온 것은 아니었다.

'투령무일체의 10성.'

한 걸음 남았다고 생각한 투령무일체의 10성이 손에 잡힐 듯 잡히질 않는다.

지금까지의 경험으로 미루어봤을 때 투령무일체의 10성에 도달하기 위해서는 싸움이 필요했다.

그것도 자신을 죽기직전의 위기에 빠뜨릴 만큼 강한 상대와의 싸움이.

그리고 그 싸움의 장소를 태무선은 사악교로 정했다.

"자 그럼 가보자."

태무선이 옛 무림맹의 터가 있던 곳이자 이제는 사악교의 거대한 교단이 들어선 곳을 향해 발걸음을 내디뎠다.

"이야 크네."

허리에 양손을 올린 마중혁은 널따란 사악교의 교단을 천천히 쓸어보며 감탄했다. 완공되는 데에만 3년이 걸렸다는데 그 이유가 있는 듯했다.

"자 그럼 어떻게 저놈들을 불러낼까요?"

마중혁의 질문이 채 끝나기도 전에 태무선은 교단의 정문으로 성큼 걸어갔다.

"누구냐!"

교단의 문지기로 서 있던 네 명의 무인들이 허리춤에 꽂힌 검의 손잡이에 손을 올린 채 위협적인 자세로 물어왔다.

"태무선."

굳이 숨길 생각도 없었는지 태무선은 제 이름을 말했다.

그의 이름을 들은 문지기들은 복잡한 얼굴로 서로를 바라보더니 고개를 끄덕였다.

"들어오시오."

네 명의 문지기가 길을 터주었다.

예상치 못한 전개에 태무선을 포함한 일행들의 얼굴에 당혹감이 어렸다. 당장이라도 싸울 준비를 했는데, 사악교는 스스로 제 문을 열어준 것이다.

수고스럽게 문을 부술 필요가 없어진 태무선은 태연히 교단으로 들어섰다.

"어서 와라. 이렇게 면대면으로 대면하는 것은 이번이 처음이군."

들어선 입구엔 한 남자가 용이 새겨진 기다란 장포를 걸친 채 태무선과 나머지 일행들을 기다리고 있었다.

"은요의 모습은 보이지 않는군."

구황경의 말대로 태무선과 마중혁 외에 사람은 존재하지 않았다.

"은요가 변심할까 두려워 두고 온 모양이군."

태무선은 대답하지 않았지만, 그렇다고 부정하지도 않았다. 그의 침묵에서 긍정을 얻어낸 구황경은 뒷짐을 진 채로 고개를 까딱였다.

"따라와라."

구황경은 기다란 다리로 성큼 걸어갔고, 태무선은 그의 뒤를 따라 걸었다. 물론 마중혁은 허리춤에 꽂아둔 도를 언제든 뽑아들 수 있게 준비한 채로 태무선의 뒤를 따랐다.

교단을 가로질러 그들이 도착한 곳은 잘 꾸며진 거대한 크기의 정원이었다.

각양각색의 꽃이 피어 있었고, 연못가가 마련되어 있었으며, 한쪽에는 이름난 장인의 솜씨로 지어진 정자가 놓여 있었다.

구황경은 자연스럽게 정자의 한쪽에 앉아 손짓했다.

"앉지."

태무선과 마중혁이 자리에 앉자 어디선가 비단옷을 입은 시녀들이 나타나 다과상을 차리며 차에 향긋한 차를 따랐다.

"혹시나 말하지만 독은 없으니 걱정할 것 없다."

찻잔을 내려다보는 마중혁의 눈이 매섭게 빛났다.

상대는 사악교의 교주.

무슨 간계를 꾸밀지 알 수 없는 자였다.

구황경의 말이 거짓인지 아닌지를 간파하기 위해 마중혁이 눈알과 머리를 열심히 굴려대는 사이 태무선은 망설임 없이 차를 들었다.

"이곳까지 찾아온 이유야 뻔하겠지. 사강목… 그를 되찾기 위해서가 아닌가."

이미 다 알고 있다는 듯한 구황경의 말투에 마중혁이 인상을 찡그렸다.

태무선은 심드렁한 얼굴로 고개를 끄덕였다.

"그래 사강목을 돌려받기 위해 왔다. 그러니 사강목을 내놔."

38

"하하. 당당하군. 이곳이 어디인지 벌써 잊은 것은 아니 겠지."

"이곳이 어딘지는 별로 중요하지 않아."

"아……."

고개를 끄덕인 후 구황경이 찻잔을 들었다.

"나를 죽이면 모든 게 뜻대로 이루어지리라. 그렇게 믿는 거군."

"집단을 무너뜨릴 때 가장 효율적인 것은."

"우두머리의 목을 치는 것."

태무선의 말을 이어받은 구황경은 흥미로운 미소를 띠며 찻잔을 내려놓았다.

"늘 궁금하긴 했지. 과연, 검신의 경쟁자였던 투신의 힘은 어느 정도일지… 정말로 구황목과 겨룰 정도였는지 말이야."

쿠구구궁—!

정자가 흔들거리며 떨리기 시작했다.

지면이 진동함과 동시에 솟구친 구황경의 기운이 삽시간에 주변을 에워싸며 압도하기 시작했다.

온몸이 저릿하고 피부가 따끔거렸다.

숨을 쉬기 힘들 정도로 공기의 밀도가 무거워지자 마중혁은 저절로 자신의 도에 손을 올렸다.

"아서라. 넌 내 상대가 될 수 없다. 마중혁."

이미 모든 것을 꿰고 있는 듯한 구황경의 목소리에 마중혁이 인상을 있는 대로 찡그러뜨리며 이를 갈았다.

"길고 짧은 건 대봐야 아는 법이지!"

마중혁이 자신의 도를 반쯤 뽑아냈을 때 태무선이 들고 있던 찻잔을 내려놓았다.

쿵—!

주변을 에워싸며 짓누르던 구황경의 기운이 한순간에 밀려났다. 전혀 예상치 못한 상황이었을까.

구황경의 눈이 조금 커져 있었다.

"사강목을 내놔. 그러면 조용히 돌아가 주지."

과연 범… 아니 용의 아가리를 향해 제 발로 들어온 데에는 이유가 있던 것인가.

구황경의 입가에 진한 웃음이 어렸다.

"내가 왜 그래야 하지."

"안 그러면 널 죽여야 하니까."

"날 죽인다라…….."

지금껏 무심하던 구황경의 눈동자에서 처음으로 살의가 느껴졌다.

"건방지구나 태무선."

말이 끝나기가 무섭게 정자 주변으로 열 명의 그림자가 빗살처럼 나타나 검을 뽑아들었다. 그들의 등장에 태무선이 의자를 뒤로 빼며 몸을 일으켰다.

"사강목을 내놔."

* * *

"끄응!"

수로에 도착한 소백은 자그마한 공간에 몸을 밀어 넣었다. 다행히 수로는 품에 검을 안은 소백의 몸에 딱 들어맞았기에 소백은 느리긴 하지만 꾸준히 앞으로 나아갈 수 있었다.

소백이 수로를 타고 앞으로 전진하는 사이 은섬과 진사은은 태무선과 마중혁이 들어간 사악교의 교단을 응시했다.

"아직 싸움이 일어난 것 같지는 않구나."

"무슨 꿍꿍이인지……."

은섬의 얼굴은 한없이 어두웠다. 구황경의 두려운 점은 흡성대법을 익힘으로써 강력해진 무공이 아니었다.

그의 진정한 두려움은 냉철한 심장과 뛰어난 두뇌였다.

목표를 위해서는 천륜도 저버리는 자가 구황경.

'주군…….'

백의 군인보다 한 명의 군사를 잡는 것이 더욱 어려운 법. 하물며 백의 군인을 지닌 군사를 잡는 것은 매우 어려운 일이었다.

은섬은 곧 싸움이 벌어질지도 모르는 사악교의 교단을 바라보며 품속의 단검을 손에 꼭 말아 쥐었다.

이 단검에 피를 묻히는 일이 없길 바라며.

＊　＊　＊

"으… 기분 나빠!"

수로에 들어온 소백은 앞으로 기어가며 철벅이는 진흙들을 노려봤다.

"얼마나 더 가야 하는 거지."

고개를 들어 본 수로의 끝엔 어둠만이 가득했다.

애초에 끝이 어딘지를 알 수가 없었다.

끝을 알 수 없다는 생각이 들자 소백은 저도 모르게 소름이 끼쳤다.

"으……!"

수로에 들어온 이상 뒤돌아갈 순 없다.

그런데 이대로 끝에 닿지도 못한 채 수로에 끼어버린다면?

소백은 꼼짝없이 갇혀 아사할지도 모른다. 아니면, 비가 내려 수로에 물이 차 익사할지도. 온갖 생각들이 머릿속에 범람하자 소백은 머리를 세차게 저었다.

'상상하지 마! 상상하니 두려운 거야.'

죽음을 상상하지 않으려 애써 부정적인 생각을 떨쳐낸 소백은 다시 한번 두 팔에 힘을 주어 몸을 앞으로 밀어냈다.

"가는 거야! 스승님이 나를 믿어줬으니까!"

태무선의 믿음에 보답하기 위해 소백은 힘차게 앞으로 나아갔다.

＊　　＊　　＊

"싫어."

"왜지? 동등한 교환일 텐데. 서로 각자의 것을 돌려받는 게 아닌가."

"둘 다 내 사람이거든."

"나는 네게 충분히 합리적인 제안을 던졌다. 그러나 너는 내 제안을 보기 좋게 걷어차는구나."

"별로 좋은 제안이 아니었거든."

"그게 아니지."

구황경은 여전히 자리에 앉은 채로 태무선을 노려봤다.

"너는 그저 이곳에 싸우려고 온 것이다. 네 목적은 처음부터… 나를 죽이는 것이지."

이번에도 태무선은 침묵했다.

그러나 이 침묵의 의미는 분명했다.

"굳이 피를 보겠다면 좋다. 내 손으로 마교를 끝맺음 짓는 것도 좋겠지."

딱—!

구황경이 손을 튕기자 열 명의 그림자가 번개처럼 날아와 태무선을 덮쳐왔다.

그럼에도 여전히 태무선은 구황경을 노려보고 있었고, 그 대신 마중혁이 움직였다.

"이놈들이 감히!!"

언제든 싸울 준비를 하며 만전을 가하던 마중혁이 본신의 힘을 다해 도를 뽑아들자 그의 도신에서 강렬한 기운이 뿜어져 나왔다.

야차율이 그에게 안배한 참혼무영도는 마중혁에겐 잃어버린 팔 한 짝과도 같은 존재였다.

애초부터 마중혁을 위해 만들어진 무공이라고 해도 과언이 아닐 정도로 잘 맞는 무공. 참혼무영도를 수련하던 마중혁은 야차율의 혜안에 감탄할 수밖에 없었다.

'하지만 이 정도로는 부족해.'

그러나 마중혁은 참혼무영도를 수련하면서도 자만하지 않았다.

수련의 성취가 높아질수록 자신을 더욱 더 채찍질했다.

그가 목표로 하는 존재들은 자신이 선 곳보다 높은 곳에 있기 때문이었다.

"흐아앗차!"

참혼무영도의 절혼참도(切魂斬刀).

참혼무영도법에서 가장 빠른 참격을 가진 절혼참도가 달려드는 열 명의 그림자를 덮쳐왔다.

그 와중에도 태무선의 시선은 구황경에게 고정되어 움직이지 않았다.

마중혁에 대한 믿음 혹은 자신감.

구황경은 태무선을 보며 희미한 미소를 지었다.

'탐난다.'

그동안 꽤나 많은 강자들을 만나왔고, 그들의 내공을 먹어치우며 자신을 살찌웠다.

흡성대법의 수준이 높아질수록 허기는 더욱 더 심해져만 갔고, 아무리 다른 무인들의 내공을 먹어치워도 허기는 사라지지 않았다.

배고픔.

흡성대법의 유일한 단점이자 장점.

멈출 수 없는 탐식이 구황경을 강하게 만들어주었다.

'사강목을 살려두세요.'

은섬을 잃고 태무선이 찾아올 거란 걸 미리 예상한 구황경이 아껴두었던 사강목의 마기를 흡수하려하자 신녀인 비현은 그를 저지했다.

이유는 명확했다.

'이대로 사강목의 마기를 흡수하고 나면 마교주의 힘을 받아들일 수 없을 겁니다. 받아들인다 해도 꽤 많은 시간을 소비해야겠죠. 차라리 먹어치울 거라면… 마교주의 기운이 더욱 맛있지 않겠습니까.'

여전히 매혹적인 미소를 보이는 비현의 말에 구황경은 고개를 끄덕일 수밖에 없었다.

사강목은 태무선을 아귀 속으로 끌어들일 수 있는 매혹적인 미끼. 가장 탐나는 것은 태무선의 몸속에 깃든 끝을 알 수 없는 그의 기운. 투령무일체였다.

"흡성대법은 가장 완벽한 무공이다."

구황경이 양손을 어깨 높이로 들어올렸다.

곧이어 구황경의 양손에서 백색의 기운과 묵색의 기운이 연기처럼 피어올랐다.

한 사람이 이종진기를 사용하는 것은 거의 불가능한 일. 물과 기름, 불과 물과 같은 도저히 섞일 수 없는 두 가지의 기운을 동시에 사용하는 것은 불가능에 가까운 일이었기 때문이다. 하물며 그 기운이 정파 무공의 뿌리인 선기(仙氣)와 사파 무공의 뿌리인 마기(魔氣)라면?

구황경의 앞으로 태무선이 나타났다.

탁자가 박살나고 의자는 가루처럼 흩어졌다. 구황경의 앞에 선 태무선은 자신의 주먹을 구황경을 향해 내질렀고, 구황경이 왼손으로 태무선의 주먹을 잡아 쥐었다.

꽈앙—!

폭음성과 함께 정자가 산산조각 났다.

"나는 언제든 네 녀석보다 강하다."

태무선이 내지른 파천격이 구황경의 손아귀에 잡혀 소멸되었다. 아니, 소멸되었다기보다는 흡수되었다. 단숨에 태무선의 파천격을 흡기한 구황경은 몸을 부르르 떨었다.

핏줄이 돋아나고 구황경의 두 눈이 붉게 충혈되었다.

"큭!"

순식간에 다섯 걸음을 뒤로 물러선 구황경은 자신의 왼손을 내려다보며 믿을 수 없다는 표정을 지었다.

'잠깐 흡기한 기운이 이 정도라고?!'

손바닥이 번개라도 맞은 듯 저릿했다. 부르르 떨리는 떨림조차 멎질 않았다.

태무선의 기운은 지금껏 수많은 마인들의 마기를 흡수한 구황경조차 쉽사리 볼 수 없는 기운이었다.

씨익—!

광기에 젖은 눈동자로 광기가 묻은 미소를 지은 구황경의 시선이 태무선에 고정되었다.

이를 드러내며 웃기 시작한 구황경은 온몸에 희열을 느꼈다. 이는 구황천의 힘을 흡기했을 때보다 훨씬 더 짜릿한 기분이었다. 마치, 흡성대법을 전수받고 무공을 배울 수 있게 된 때와 같은 기분.

"정말로 넌 내게 보배와 같은 존재로구나 태무선!"

그를 온전히 먹어치운다면 나는 얼마나 강해질 수 있을까? 어쩌면 검신을 이길 수 있을지도 모른다.

이젠 망설일 필요가 없다!

구황경이 몸을 날렸다.

그의 속도가 어찌나 빨랐는지 이형환휘를 펼치지 않았음에도 구황경의 몸이 여러 개의 잔상을 만들었다.

엿가락처럼 길게 늘어진 구황경의 신형이 태무선에게로 다가야 양손으로 내밀었다.

태무선은 여전히 피하거나 막지 않고 주먹을 내질렀다.

꽝—!

한데로 모은 구황경의 양손과 태무선의 오른주먹이 맞부딪쳤다. 구황경의 두 다리와 태무선의 두 다리가 땅속에

깊이 박혀 들어가며 두 무인의 주변 대지가 초토화되며 터
져나갔다.

"말하지 않았느냐. 나는 언제나 네놈보다 강하다고!"

구황경의 오른손에서 묵색의 기운이 둥글게 뭉쳐져 태무
선을 향해 쏘아졌고, 태무선은 오연환격을 펼쳐 자신에게
날아드는 묵환을 쳐냈다.

꽈가강―!

묵환의 기운이 터져나가며 태무선의 신형이 살짝 뒤로
밀려나자 구황경이 끈질기게 태무선과의 거리를 좁혔다.

구황경은 끊임없이 손을 내밀어 태무선의 가슴을 노렸
다. 도망치는 이의 몸을 움켜쥐는 것은 쉬운 일이다. 그보
다 앞서가면 되니까. 하지만 달려드는 이의 몸을 움켜쥐는
것은 의외로 어려운 일이다.

'온몸이 저릿하군!'

자칫하면 자신의 몸이 산산조각나기 때문이었다. 태무
선의 주먹에서 대기가 찢겨나가는 꿩음이 들려왔다.

별다른 무공이 깃들어 있는 것 같지는 않았다. 그러나 그
안에 담긴 기운은 능히 천하제일의 무공과 비견될 정도였
다.

"역시… 내 생각은 틀리지 않았다!"

내리꽂히는 태무선의 주먹을 향해 구황경은 자신의 어깨
를 내주었다.

퍼억!

바위가 으깨지는 듯한 타격음과 함께 구황경이 한쪽 무

릎을 꿇으며 두 손을 태무선의 오른주먹을 감쌌다.

"기이하지 않으냐. 인간의 몸이라는 게… 으깨지고 부러지는 것은 쉬워도 이를 낫는 것은 어렵지. 하지만, 낫는 것 또한 쉬 만드는 것이 바로… 흡성대법이다."

태무선의 권격에 구황경의 어깨뼈가 으스러지고 근육이 뒤틀리고 혈도가 찢겨졌다.

방어를 하지 않았기 때문이었다.

그러나 구황경의 양손으로 태무선의 내공이 빨려 들어가자 망가질 대로 망가졌던 구황경의 왼쪽 어깨가 우드득 소리를 내며 제 모습을 되찾아갔다.

"이게 흡성대법."

무너졌던 구황경이 이제는 태무선의 위에 섰다.

"인간이 닿을 수 있는 궁극의 무공이다."

＊　＊　＊

"후아… 후아!"

쉼 없이 수로를 기어간 소백은 저 멀리서 희미한 빛이 보이는 것을 느꼈다.

꽤 오랫동안 어둠 속에 갇혀 끝을 모르는 흑로(黑路)를 기었기 때문일까. 소백의 얼굴이 환해졌다.

"보인다!"

지금까지의 힘듦이 모두 사라지는 기분이었다. 소백은 힘차게 두 팔을 밀고 끌어당기기를 반복하며 몸을 움직였

다. 약 일다경의 시간동안 쉬지 않고 투레질을 하듯 숨을
몰아쉬던 소백은 가까워진 빛을 향해 손을 뻗었다.

텁—

"끄응! 차!"

수로에서 빠져나온 소백은 숨을 고르며 등에 메어두었던
천마신검을 꺼내 손에 쥐었다.

생각보다 지하감옥은 조용했다.

대신, 지하감옥의 위쪽. 지상이 시끄러웠다.

쿠웅—! 쿵—!

지축을 울리는 거대한 진동과 함께 땅이 흔들렸고, 그럴
때마다 천장에서 모래 부스러기 같은 것들이 떨어져 내렸
다. 직접 보지 않았어도 지상에서는 자신이 상상조차 할
수 없는 싸움이 일어나고 있음을 직감한 소백은 발걸음을
재촉했다. 지하감옥의 지도는 이미 머릿속에 외워두었으
니 이제 달려가기만 하면 된다.

"대단하구만. 마흉도랑 단 둘이 왔다지?"

"무모한 건지 멍청한 건지… 어차피 사강목을 구해도 죽
는 건 매한가지일 텐데."

"그러게 말이야. 쯧쯧. 마교도 이제 끝이군."

"이 중원에서 교주님을 이길 수 있는 무인은 검신 외엔
없으니까."

모퉁이에서 두 사내의 목소리가 들려오자 소백이 발걸음
을 멈추었다.

'역시 있었나?'

대부분의 무인들이 지상으로 올라갔다곤 해도 지하감옥에 간수 한 명 없을 리 없었다. 두근거리는 가슴에 손을 얹은 소백은 천마신검에 손을 올리려다 주먹을 쥐었다.

"그나저나 빨리 끝났음 좋겠군, 교대시간이 한참 지났는데 말이야."

"오늘 밤에 홍주나 한잔 어떤가?"

"홍주? 아직 봉급을 받으려면 한참 남았잖아?

"흐흐흐… 내가 아무 생각도 없이 말했겠나."

"오오! 자네 꽁쳐둔 홍주가 있는 겐가?"

"당연하지! 저번에 들여온……."

말을 멈춘 간수는 모퉁이에서 나타난 한 소년을 발견했다. 그 소년은 입가에 피를 흘리며 한쪽 다리를 절뚝이고 있었는데, 소년은 게슴츠레하게 뜬 눈으로 간수들을 향해 핏기 어린 입을 열었다.

"도, 도와주십시오."

"무슨 일이냐?"

두 간수가 소년에게 다가가자 소년은 벽에 어깨를 기댄 채 몸을 추욱 늘어뜨렸다.

"배, 백귀가 나타났습니다."

"백귀라고!?"

"역시 그 배신자 년이 감옥에 나타났군!"

"어디로 갔느냐!"

"저, 저쪽으로 갔습니다. 콜록!"

소년이 기침을 하며 자신의 뒤편을 손가락으로 가리키자 두 간수는 검을 뽑아든 채 모퉁이를 돌아 달려갔다.

'됐다.'

혹시나 하는 마음에 해본 건데 제대로 먹혀들었다.

소백은 간수들이 모퉁이를 돌아 달려간 틈을 타 사강목의 감옥으로 발걸음을 옮겼다.

"잠깐."

그런데 그때 모퉁이를 돌아갔던 간수 중 한 명이 소백에게로 돌아왔다.

"그런데… 넌 어떻게 살아 있는 거지?"

게슴츠레하게 뜬 간수의 두 눈이 소백을 향했다.

"예?"

"백귀를 만났다 하지 않았느냐."

"그렇습니다만."

"그러니 묻는 게다. 백귀를 만나고도 어떻게 살아 있는 거지? 백귀가 네놈을 살려뒀을 리 없을 텐데."

"그건… 제가 아직 어린놈이라 살려둔 게 아닐까…….."

그럴싸한 변명을 늘어놓았지만 간수는 여전히 의심 어린 눈빛으로 소백을 노려보며 말했다.

"어린 소년이라 살려뒀다? 흥!"

간수는 소백을 비웃었다.

"백귀가 남녀노소를 가리는 것을 보았냐? 그 년은 사람을 죽이는 데에 망설이지 않아. 그게 아직 덜 자란 꼬맹이라도 말이야.”

백귀가 자신을 발견한 소년을 살려뒀을 리 없었다.

이미 일이 틀어진 것을 직감한 소백은 머리를 긁적이며 기댔던 몸을 곧추세웠다.

“아… 그 누나가 위험한 사람이라더니 진짜였잖아.”

마중혁으로부터 은섬이 위험한 여자라는 얘기를 언뜻 전해 들었는데 이 정도일 줄이야.

설마 약관도 지나지 않은 소년조차 무참히 살해하는 살수라고는 상상조차 하지 못한 소백은 자신의 실수를 깨달으며 등 뒤에 감춰둔 천마신검에 손을 뻗었다.

“네놈은 누구냐.”

간수가 손을 뻗어 소백의 멱살을 움켜쥐자 소백이 웃으며 답했다.

“소백.”

“소백?”

“태무선님의 제자다!”

등 부분의 옷이 찢어지며 소백의 등 뒤에서 날카로운 칼날이 휘둘러졌다.

지하감옥을 지키는 간수답게 두 무인은 기민하게 반응하며 소백의 검에 맞서 자신들의 검을 뽑아들었다.

그 속도가 매우 빨라 소백의 검은 아쉽게도 간수의 목을 베지 못했다.

“꼬맹이가 사람을 죽이는 데에 망설임이 없구나!”

“지옥에서 살다왔으니까!”

지옥도에서 살아 돌아온 소백이었다.

적을 죽이지 않으면 내가 죽는다.

이 원칙을 태무선만큼이나 잘 알고 있는 소백은 망설이지 않고 살초를 흩뿌렸고, 그의 천마신검에서 맹렬한 검기가 쏟아졌다.

"크윽!"

예상치 못한 소백의 용렬한 공격에 두 간수가 뒤로 밀려났다.

"애새끼 주제에……!"

간수는 자신의 검에 내공을 불어넣으며 소백을 향해 달려들었다.

상대가 아직 약관에도 다다르지 못한 소년이었기 때문일까 두 간수는 협공을 하지 않았다.

소백으로선 둘도 없는 기회.

'협공을 마음먹기 전에 한 명을 쓰러뜨려야 해.'

소백은 자신의 어깨를 향해 찔러 들어오는 간수의 검을 몸을 웅크리는 것으로 가볍게 피해준 후 검에 온 힘을 불어넣었다.

천마검법 광풍멸림.

소백의 천마신검에서 작은 태풍이 불어 닥쳤다.

날카로운 검기를 머금은 태풍이 간수를 향해 쏟아졌고, 예상치 못한 강한 공격에 간수가 크게 당황하여 검면으로 소백의 광풍멸림을 막아보려 했다.

하지만 때는 이미 늦었다.

"큭! 크악!"

소백의 광풍멸림이 간수의 상반신을 갈기갈기 찢었고, 상체가 날카로운 검풍에 의해 난도질당한 간수의 몸이 허물어지기가 무섭게 소백은 그의 뒤에 선 간수를 향해 몸을 날렸다.

"흐읍!"

망설임은 없었다.

천마검법 천마도래.

수직선을 그리며 치솟은 소백의 검이 간수의 정수리를 향해 내리 찍혔다.

두 번째 간수는 재빨리 검을 들어 소백의 천마도래를 막았다.

쿵―!

"큽!"

상상한 것 이상으로 무거운 소백의 검에 의해 간수의 한쪽 무릎이 땅에 꿇려졌다.

천마도래는 천근추와 같이 검에 내공을 실어 강력한 힘으로 상대를 짓누르는 검법.

뒤이어 소백의 검이 간수의 검을 타고 흘러내려와 간수의 목을 빠르게 베었다.

서걱―!

피부와 뼈가 잘리는 소리와 함께 간수의 목이 달아났다.

"하… 하악!"

두 간수를 처리하는 데에 내공의 절반가량을 쓰고 말았다.

주어진 시간이 얼마 없었기에 간수들이 협공을 하기 전에 죽여야 했기 때문이었다.

"후우우!"

　운기조식을 할 틈도 없이 소백은 숨을 고르며 죽은 간수들의 품을 뒤져 열쇠를 얻어냈다.

'시간이 없어. 가야해!'

　소백은 여전히 지상에서 들려오는 커다란 굉음과 진동을 느끼며 발걸음을 옮겼다.

　두 개의 모퉁이를 돌아.

　사강목이 있는 구역에 도착한 소백은 감옥의 앞을 지키고 있는 다섯 명의 간수들을 발견했다.

'젠장.'

　사강목의 감옥을 지키고 있는 간수들의 수는 무려 다섯 명. 아무래도 주요인물이다 보니 간수들의 수도 많은 듯했다. 망설이고 있을 시간이 없었기에 소백은 깊은 심호흡을 한 뒤 감옥을 향해 걷기 시작했다.

"응? 넌 뭐냐."

　난데없이 나타난 소백을 향해 간수들이 경계 어린 눈초리를 보냈다. 이곳은 사악교의 지하감옥. 어린 꼬마들이 제집처럼 드나들 수 있는 곳이 아니었다.

"저는 교주님의 시종입니다. 교주님의 말을 전하려 왔습니다."

"교주님의?"

"그렇습니다. 교주님께서 죄인 사강목을 당장 지상으로 데려오라고 하셨습니다."

"사강목을?"

"그렇습니다."

소백은 능청스럽게 고개를 숙이며 말했고, 사강목을 지키는 간수들의 책임자였던 옥성억의 눈이 소백을 위아래로 훑었다.

"그런데 어찌하여 네놈의 몸에서 피 냄새가 나는 것이냐."

싸늘한 목소리의 옥성억이 자신의 허리춤에 손을 뻗었다.

"너희 둘은 순찰에 나섰던 간수 두 명을 찾아봐라."

"알겠습니다."

두 간수가 순찰을 나섰던 두 명의 간수를 찾아 자리를 떠나자 옥성언이 검을 뽑아 소백의 목에 겨누며 말했다.

"마지막으로 묻지. 네 몸에서 풍기는 피 냄새는 누구의 것이냐."

"……."

잠시 침묵을 지키던 소백은 씁쓸한 표정을 지었다.

"되는 게 없네."

나름대로 그럴싸한 계획이라 생각했는데 생각보다 간수들의 눈치가 빨랐다.

"그래도 세 명으로 줄었으니 다행인가."

"어린놈이 목숨 아까운지 모르는구나. 사강목을 구하러

온 마교의 끄나풀이냐? 마교도 어지간히 급한 모양이군.
흑도마수의 목숨을 젖도 못 뗀 애새끼에게 맡기다니!"

"거 참 말 더럽게 많네!"

소백이 등 뒤에 숨겨둔 검을 움켜쥐며 벼락처럼 달려들
었다. 하지만 간수들의 책임자였던 옥성억은 가볍게 검을
휘둘러 소백의 검격에 맞섰다.

'묵직하잖아!'

지금까지 상대했던 간수들과는 차원이 다른 묵직함.

"이제 하다하다 네놈 같은 애새끼가 나를 넘보는구나."

그간 무슨 일이 있었는지 옥성억의 눈은 짙은 살의와 분
노로 번뜩였다.

"네 몸을 갈가리 찢어 사강목의 밥으로 던져주마!"

옥성억의 검이 소백을 강하게 짓누르며 싸움이 시작됐
다.

변덕이라 한다

"빌어먹을 새끼들……."

마중혁은 팔을 길게 늘어뜨린 상태로 가쁜 숨을 내쉬었다.

열 명의 그림자들은 꽤나 강력했다.

아무래도 사악교주를 보이지 않는 곳에서 지키는 검이었기 때문일까.

마중혁의 시선이 자신의 앞에 도열한 흑의인들을 노려보았다.

"교주님은……."

마중혁은 곁눈질로 두 교주의 싸움을 살폈다.

예상한 대로 두 교단의 교주들이 벌이는 싸움은 상상을 초월했다.

정자가 박살난 것은 물론이요, 아름다웠던 정원은 온데간데없이 사라졌고, 정원이 있던 곳엔 흉흉한 폐허만이 존재했다.

쾅—!!

사악교주의 장법과 태무선의 권격이 만나 거친 폭발이 일어났다.

피어오르는 모래먼지 사이로 두 무인이 몸을 움직였고, 두 무인이 서로의 앞에 서는 순간, 엄청난 파공음과 함께 피어올랐던 먼지가 일순간에 걷혔다.

"신녀가 왜 널 탐냈는지 알겠군."

구황경은 진심을 감탄하는 중이었다.

흡성대법을 익힌 자신의 상대는 이제 검신인 구황목밖에는 없을 거라 여겼던 구황경이었다.

그런 그의 앞에 태무선이라는 투신의 제자가 나타났다.

그리고 그의 힘은 자신에게 비견될 만큼 강력했다.

"하지만, 그뿐이다."

구황경의 발이 태무선의 발목을 찍어 눌렀고, 태무선이 몸을 휘청이는 사이 그의 손이 바쁘게 움직였다.

왼손에서는 백련장이 펼쳐졌다.

백색의 빛무리와 함께 날아들던 백련장은 태무선의 복부를 때렸고, 뒤이어 구황경의 오른손에서는 혈풍권이 쏘아져 나갔다.

 60

동시에 선기와 마기를 머금은 두 개의 공격이 태무선을 공격했다.

쾅—! 꽈앙—!

두 번의 폭음과 함께 태무선의 신형이 크게 휘청였다.

"평범한 이라면 이미 가루가 되었을 테지."

구황경은 자신에게 날아드는 권격을 양손을 교차하여 막아냈다.

정확한 타이밍에 힘을 아끼지 않고 펼친 방어였건만, 구황경의 신형은 주르륵 밀려났고, 목구멍을 타고 비릿한 피가 넘어왔다.

"후."

두 번의 큰 공격을 당했음에도 빠르게 발경을 펼친 태무선은 자신의 주먹을 내려다보았다.

생각한 것보다 위력이 약했다.

그 이유는 간단했다.

태무선의 주먹이 구황경에게 닿는 순간, 구황경이 그의 기를 흡수했다.

덕분에 발경의 위력이 반감된 것이다.

"나는 상처입지도… 지치지도 않는다. 하지만 넌 아니지."

오만방자하기 그지없는 구황경의 말처럼 그의 몸에선 상처를 찾아볼 수 없었다.

장포가 찢겨지고 맨살이 드러나는 커다란 공격을 수차례 맞았지만, 상처는 금세 아물었다.

바닥나기 직전이었던 내공도 태무선과 손을 섞을 때마다 다시 차올랐다.

"잔말 말고 덤비기나 해."

태무선은 덤덤한 목소리로 구황경을 향해 손짓했다.

그 모습이 퍽이나 황당했는지 구황경은 픽 소리를 내며 웃었다.

"그 기개만큼은 인정해주마."

그때 구황경이 뒷짐을 지었다.

"맛은 충분히 봤으니 이젠 먹어치워야겠지."

가슴을 내밀며 몸을 앞으로 내민 구황경이 가느다란 미소를 지었다.

"네 모든 것을 펼쳐 보거라. 이번이 네게 주어진 마지막 기회일 테니."

방어하지도 피하지도 않겠다는 듯 구황경은 뒷짐을 진 채 섰다.

태무선은 자신을 공격해보라는 구황경의 제안을 굳이 거절하지 않았다.

'또 기를 빼앗을 생각이겠지.'

어떤 공격을 펼치든 구황경은 태무선의 기운을 빨아들일 게 분명했다.

'시간이 없다는 게 무슨 느낌인지 이젠 알겠네.'

금강신의체로 보호받던 신체도 조금씩 금이 가고 있었다.

바다와 같던 단전의 내공들도 슬슬 바닥이 보인다.

반면에 구황경은 여전히 멀쩡해보였다.

흡성대법의 무서움이 바로 이것이었다.

마르지 않는 내공과 불사에 가까운 회복능력.

'이럴 땐 어떻게 해야 합니까.'

태무선은 잠시 하늘을 올려다보았다.

이런 상황에서 지강천은 어떻게 했을까?

상대는 그야말로 무적이었다.

이길 수 없음이 자명한 상황에서 그의 스승 지강천은 어떻게 했을까.

투신이라고 불리던 지강천이라면······.

"뭐, 물어볼 것도 없지."

답은 이미 정해져 있었다.

태무선은 왼발을 앞으로 내밀며 자세를 낮췄다.

뒤이어 발끝에서 부터 강렬한 기운이 용이 똬리를 틀듯 태무선을 두 발을 감싸며 허리와 가슴을 지나 머리끝까지 솟구쳤다.

'오는구나.'

두 마리의 용이 태무선을 감싸며 그의 주변에서 소용돌이치자 구황경은 두근거리는 설렘과 진득한 흥분을 느꼈다.

'드디어 온다.'

이제부터가 진짜 투신의 힘을 볼 수 있을 것이다.

태무선의 모든 것.

구황경은 허기를 참을 수가 없었다. 당장에라도 아귀를 벌려 태무선을 집어 삼키고 싶었다.

'오라. 내가 주어진 지상최고의 진미(眞味)여.'

태무선의 발끝에서 거대한 기운이 폭발하며 그의 신형이 구황경을 향해 쏘아져나갔다.

* * *

"이… 건방진 새끼가…….."

옥성억은 가슴과 허리에서 흐르는 피를 닦아내며 손끝으로 혈도를 짚어 지혈했다.

"하악! 하악!"

그의 앞에 선 소백은 피와 땀으로 얼룩진 이마를 닦아내지도 못한 채 옥성억을 노려보았다.

"내 기필코 네놈을 내 손으로 도륙 내주마!"

자신의 아들뻘보다 못한 소백이 자신의 몸에 상처를 새겼기 때문일까.

옥성억은 크게 분노하며 소백을 향해 달려들었다.

한 마리의 성난 멧돼지처럼 달려드는 옥성억을 향해 소백이 천마신검을 들어올렸다.

'힘으로는 안 돼.'

힘과 힘으로 맞서보려다가 어깨에 깊은 상처를 입었다.

그렇다고 초식대결을 펼치자니 간수장인 옥성억의 검법

이 만만치 않았다.

'최대한 빨리!'

스승인 태무선을 위해서라도 어떻게든 빨리 사강목을 구출해야 했다.

소백은 몸을 앞으로 퉁기며 옥성억과 거리를 좁혔다.

마치 재빠른 다람쥐처럼 달려드는 소백을 향해 옥성억이 검을 찔러 넣었다.

'피할 곳은 없다!'

만약 자신의 찌르기를 피하면 곧바로 그의 뒤에 있는 간수가 소백을 공격할 것이다.

상대가 자신의 아들뻘만도 못한 꼬맹이라도 옥성억은 비겁한 수를 쓰는 데에 전혀 거리낌이 없었다.

무인간의 싸움엔 비겁함이 없다.

살아남은 자와 그렇지 않은 자만이 존재할 뿐.

옥성억의 검이 빠르게 찔러 들어오자 소백은 어금니를 강하게 깨물었다.

정신이 아득해질 고통을 참아야 했다.

푹!

옥성억의 검이 소백의 어깨에 박혀 들어갔다.

이에 놀란 것은 옥성억이었다.

"이, 이놈!"

푸우욱——!

검이 더욱 깊게 박혀 들어갔고, 소백은 멈추지 않고 달려들어 옥성억의 복부에 자신의 검을 박아 넣었다.

어깨를 내어주는 것으로 옥성억의 하복부를 노린 것이다.

"커… 커억!"

형언할 수 없는 고통과 함께 하복부에서 뭔가가 터지는 느낌과 고통이 시작됐다.

무언가 잘못되었음을 깨달은 옥성억이 소백을 밀어내려 했으나, 그의 손에선 아무런 힘도 느껴지지 않았다.

"이 개같은 애새끼가……."

"비켜."

광기 어린 두 눈으로 옥성억을 들어올린 소백은 예상치 못한 상황에 당황하는 간수들을 향해 옥성억을 검으로 들어올린 채로 달려들었다.

"막아!"

"하지만 간수장님이……!"

"어차피 간수장은 죽었어! 신경 쓰지 말고 공격하라고!"

애초에 의리나 동료애 따위는 없었다.

그저 수직적 상하관계에 놓여 명령을 받고 있던 처지였던 간수들은 소백의 검에 들린 옥성억을 아랑곳하지 않고 검을 휘둘러댔다.

서걱—!

"끄흐윽! 그, 그만해!"

하복부를 찔림으로써 단전이 으깨진 옥성억이지만 그는 아직 살아 있었다.

산채로 검에 맞은 옥성억이 몸을 펄떡였지만 매정한 간

66

수들의 검은 옥성억을 베어내며 소백을 공격했다.

'얼마 못 버틴다.'

옥성억의 몸으로 만든 인간방패는 간수들의 공세에 얼마 버티지 못한다.

소백은 멀쩡한 오른쪽 어깨로 죽어버린 옥성억을 떨쳐낸 후 가장 가까이에 서 있는 간수에게로 몸을 날렸다.

"흐압!"

천마군림보.

천마의 보법이었던 천마군림보가 소백의 발끝에서 펼쳐졌다.

오만하면서도 압도적이고 강력한 힘을 가진 천마의 걸음을 담은 천마군림보.

소백은 빠르진 않지만, 주변을 압도하는 기세를 사방에 흩뿌리며 걸었다.

"큭!"

"이건 설마……!"

설마 소백이 천마의 무공을 쓸 줄은 몰랐을까.

간수들이 천마군림보에 당황하여 몸을 비척거리는 사이에 소백이 검을 휘둘렀다.

천마검법 천마격세.

천마신검에서 검은빛을 머금은 부채꼴모양의 검풍이 간수를 덮쳤다.

별다른 저항조차 해보지 못한 간수는 천마격세의 기운에 목이 달아났다.

"으…으……!"

홀로 남겨진 간수는 왼쪽 어깨에서 피를 흘리며.

죽은 간수의 몸을 한쪽 발로 짓누른 채 검붉은 안광을 발산하는 소백을 보며 몸을 떨었다.

"젠장할!"

자신이 이길 수 없는 상대임을 알아챈 간수는 달아났다.

달아난 간수가 사악교의 무인들을 이끌고 돌아올지도 모르니 그를 쫓아가 끝을 내야 했지만, 소백은 감히 그를 따라갈 엄두를 내지 못했다.

"피를 너무 흘렸어."

지혈을 하지 않은 채로 싸운 탓에 피를 너무 흘렸다.

소백은 덜덜 떨리는 손으로 왼쪽 어깨의 상처를 지혈했다.

이미 흘린 피는 주워 담을 수 없으니 소백은 흐릿해지는 시야를 다잡으며 죽은 옥성억의 품을 뒤졌다.

"여기 있다."

열쇠꾸러미를 찾은 소백은 비틀거리는 발걸음으로 사강목이 투옥된 감옥으로 걸어갔다.

사강목은 요주의 인물이었기에 감옥은 총 세 겹으로 구성되어 있었다.

소백은 열쇠꾸러미에서 붉은 띠가 둘러진 열쇠로 창살을 하나씩 풀어냈다.

타다닥—!

뒤편에서 요란한 발걸음소리가 들려왔다.

"벌써?"

벌써 무인들을 불러온 걸까.

아니면 떠났던 두 명의 간수가 돌아오는 걸까.

들려오는 발걸음소리에 귀를 기울이던 소백은 자신의 생각이 틀렸음을 깨달았다.

전자도 후자도 아니다.

마지막 창살을 남겨둔 소백은 열쇠를 품속에 갈무리하여 넣은 뒤 천마신검을 쥐었다.

뒤이어 여섯 명의 무인들이 모습을 드러냈다.

"둘 다였잖아."

연락이 끊긴 간수들을 찾으러 갔던 간수 두 명과 상황을 전해들은 무인들이 감옥으로 달려왔다.

'여섯 명…….'

두 명의 간수와 네 명의 무인.

눈으로 그들의 숫자와 수준을 헤아리던 소백이 마른침을 삼켰다.

'여기까지 와서 포기할 순 없지.'

상대해야 할 간수들의 숫자는 상당했다.

내공은 거진 바닥났고, 출혈로 인해 정신이 혼미했다.

그러나 소백은 멈출 수도 주저앉을 수도 없었다.

"후우우!"

폐부 깊은 곳에서부터 깊은 숨을 들이마시고 내쉬던 소백은 이제 자신의 앞에 나타난 간수들을 지켜보며 천마신검을 고쳐 쥐었다.

"한 번 해보자."

소백이 점점 가까워지는 간수들을 향해 마지막 내공을 쥐어짰냈다.

그런데 그때, 기이한 일이 벌어졌다.

소백을 향해 달려오던 간수들이 발걸음을 멈춘 채 뒤돌아서서 돌아가는 것이 아닌가.

의아해진 소백이 멀어져가는 간수들을 멍하니 바라보고 있을 무렵 어디선가 꽃향기가 느껴졌다.

"어머 처음 보는 아이구나."

바로 옆에서 들려오는 여인의 목소리에 소백이 화들짝 놀라며 엉덩방아를 찧었다.

그러자 여인이 자신의 섬섬옥수를 내밀었다.

얼떨결에 그녀의 손을 잡은 소백이 자리에서 일어나자 여인이 빙긋 웃었다.

"이곳은 사악교의 지하감옥이란다."

"아… 네."

소백은 마른침을 꿀떡 삼켰다.

지금 그의 앞에 서 있는 여인은 소백이 본 여인 중 가장 아름다운 여인이었던 진사은보다 아름다웠다.

하지만 아름다움보다 놀라운 것은 그녀에게서 풍기는 신묘한 분위기였다.

마치…….

'꽃 같다.'

걸어 다니는 꽃이 있다면 바로 이 여인을 말하는 걸까.

소백은 자신의 처지도 잊은 듯 멍하니 여인을 올려다보았다.

"내 이름은 비현이란다. 너는 누구니?"

"소… 소하입니다."

하마터면 본명을 말할 뻔한 소백은 다급히 가명인 소하라는 이름을 내뱉었다.

그러자 비현이 손을 내밀어 소백의 상처 난 어깨를 어루만져주었다.

"저런, 다친 모양이구나."

"아!"

비현의 손길에 소백이 몸을 움찔했다.

하지만 이상하게도 아프지가 않았다.

'아프지 않아?'

오히려 시원한 느낌이 느껴지며 고통이 가심과 동시에 흐릿했던 정신도 맑아졌다.

"이제 좀 괜찮니?"

"네! 감사합니다."

"흐음."

비현은 고개를 돌려 죽어 있는 옥상언과 간수들을 확인했고, 소백의 품속에서 짤랑거리는 열쇠꾸러미의 마찰음을 들었다.

소백은 심장이 쿵 하고 내려앉는 기분이었다.

'그러고 싶진 않은데…….'

머릿속으로는 어떻게 해야 하는지 알고 있었으나 몸이

움직여주질 않았다.

출검부터 비현을 베는 데까진 눈 한 번 깜박이면 끝이 날 것이다.

소백이 망설이는 사이 비현이 감옥을 가리켰다.

"저곳에 사강목 장로님이 계신단다."

친절하게 사강목의 위치를 알려주는 비현을 소백이 말없이 응시했다.

"거짓말이 아니야. 네가 직접 가서 봐."

"절 막지 않으실 건가요?"

"음… 원래라면 그래야겠지."

천마신검을 쥔 소백의 손끝이 파르르 떨렸다.

"그냥… 변덕이라 해둬."

빙긋 웃으며 돌아서는 비현을 소백은 멍하니 바라봤다.

"마음 놓고 감옥을 빠져나가도록 해. 길은 내가 비워둘 테니까. 이래봬도 그럴 만한 권한을 갖고 있는 사람이거든."

비현이 손을 흔들며 달콤한 미소를 지었다.

"그럼 다음에 봐. 소하야."

그녀가 왜 자신을 도와주는지는 알 수 없었다.

그저, 수수께끼 같은 말을 건네고 사라지는 비현을 물끄러미 바라보던 소백은 퍼뜩 정신을 차렸다.

"어쩔 수 없지… 믿는 수밖에."

다른 방법이 없었다.

소백은 한달음에 사강목이 갇혀 있는 감옥으로 달려가

문을 열어젖혔다.

그곳에는 온몸이 결박당한 채 추욱 늘어져 있는 한 중년인이 있었다.

그자의 정체가 사강목임을 눈치챈 소백이 재빨리 그에게 다가섰다.

"장로님?"

소백의 부름에 고개를 푹 숙이고 있던 중년인이 퀭한 얼굴을 들어올렸다.

"넌… 누구냐."

처음 보는 얼굴의 등장에 중년인이 의심과 경계 섞인 눈초리를 보내왔다.

소백은 시간이 없다고 중얼거리며 사강목의 팔과 다리 그리고 몸통을 결박한 사슬을 풀어내기 시작했다.

마지막으로 손목과 발목에 채워져 있던 묵갑을 풀어내니 중년인이 몸을 비틀거리며 일어섰다.

"너는 누구냐. 왜 나를 돕는 거지?"

중년인에게선 쇠로 긁어내는 듯한 목소리가 흘러나왔다.

소백은 설명할 시간이 없었기에 중년인의 소매를 붙잡고 다급히 말했다.

"일단 가면서 설명 드리겠습니다. 지금 여기서 꾸물거렸다간 스승님이 위험해져요."

"스승님…? 네 스승이 누군데 나를 구하려는 게냐."

"태무선님이요!"

사강목을 이끌고 달려가던 소백의 발걸음이 단박에 멎었다.

중년인이 자신의 손을 이끌고 달려가던 소백을 멈춰 세운 것이다.

"교주님… 교주님이 오셨단 말이냐!"

태무선이 마교의 교주님을 알고 있던 소백이 고개를 끄덕였다.

"그렇대도요. 그러니까 빨리……."

"왜… 왜 온 것이야! 왜!"

중년인, 사강목은 절망 어린 얼굴로 울부짖었고, 또다시 예상치 못한 상황에 직면한 소백이 울부짖는 사강목을 향해 두 팔을 버둥댔다.

"지금은 그런 걸 따질 때가 아니에요! 그러니까……."

"이곳엔 어떻게 들어왔느냐."

"그건 가면서 설명해드릴게요."

"지금 당장 설명하거라! 이곳을 지키던 간수들은 어찌했지!"

두 어깨를 붙잡은 사강목의 외침에 소백이 인상을 살짝 찡그리며 그간 있었던 일들을 간략하게 설명해주었다.

짧은 시간동안 소백의 이야기를 전해들은 사강목의 얼굴이 그림자가 드리워졌다.

이는 소백의 이야기 속에 비현이 등장함으로써 더욱 짙어졌다.

"그 여인이 자신을 비현이라 밝혔다고?"

"네."

"……."

무슨 생각을 하고 있는 건지.

잠시 허공을 멍하니 바라보던 사강목이 애달픈 목소리로 말했다.

"이곳까지 힘들게 오느라 고생했다. 미안하지만, 마지막으로 한 번만 더 날 도와줄 수 있겠느냐."

사강목과 소백의 시선이 서로를 향했다.

뜻을 품은 자

싸우다 보면 자연스럽게 알게 될 것이다. 조급해 하지 말거라. 어차피 네놈은······.

스승님은 이미 알고 계셨던 건가.
투신으로 길러진 무인은 싸움을 할 수밖에 없으며.
싸움 속에서 죽을 것이란 걸.

투령무일체의 10성은 정해진 정도가 없었다.
지강천은 그저, 투령무일체의 10성은 자연스럽게 깨우치게 될 거라고 말했다. 물론, 그 전까지 살아남는다면.

'알고 계셨습니까.'

태무선은 자신의 앞에 서 있는 한 명의 사내를 응시했다. 그는 일월신교의 비전무공인 흡성대법을 익힌 까다로운 적이었다. 공격을 하고 상처를 입혀봤자 태무선의 기운을 흡기하여 기력과 상처를 회복한다.

결국 장기전으로 갔다간 태무선이 불리한 상황.

결국은 의지의 문제다. 지강천이 지나가는 투로 말했다. 그는 평소와 다르게 진중했다.

목소리엔 저고가 느껴지지 않았으며 눈빛은 차분했다.

"너는 무인으로서 꽤나 쓸 만한 재능을 가지고 있지만, 의지가 없다."

지강천은 나를 똑바로 보며 말했다.

"네가 강해지려는 이유는 무엇이냐. 강해지고는 싶으냐."

나는 고개를 끄덕였지만 이유는 말하지 못했다.

살아남는 것. 산적에게서 겨우 목숨을 건졌고, 지강천이라는 악귀에게서 살아남기 위해서 강해지고 싶었을 뿐 그외의 이유는 없었다.

"언젠가 네놈도 얻게 되겠지."

뜻 모를 말을 내뱉은 지강천은 그 이후 내게 같은 질문을 한 적이 없었다. 단지 더욱 혹독한 수련… 아니 수련을 빙자한 폭력을 행사했다.

"강해져야 하는 이유……."

예나 지금이나 태무선이 바라는 것은 오로지 하나밖에 없었다.

한가롭게 그리고 평화로이 세상을 살아가는 것.

태무선은 자신의 앞에 선 구황경을 응시하며 두 주먹에 힘을 담았다.

그는 강해지려는 이유가 분명했다. 나약했던 자신의 과거에서 벗어나 이 세상의 주인이 되는 것.

그것이 구황경이 바라는 강함의 이유였다.

"역시 귀찮아."

태무선은 씁쓸한 표정을 지으며 미간을 찌푸렸다.

역시 강해지는 건 귀찮은 일이었다.

슥—!

'뭐지?'

구황경은 자신의 앞에 나타난 태무선을 보며 적잖이 당황했다. 분명 속도는 비슷했다. 여전히 빨랐고 양 주먹에 담긴 기운은 치명적이었다.

그러나 상관없었다.

구황경은 태무선의 속도를 따라잡을 만큼 빨랐고.

아무리 강해도 기운을 흡수하면 그만이었다.

그런데.

심장이 빠르게 뛰기 시작했다.

부우우웅—!!

대기가 진동하며 태무선의 주먹이 구황경을 향해 뻗어져 왔다. 구황경은 양손으로 교차하며 태무선의 주먹을 막아 냈다. 그와 동시에 손목을 꺾어 태무선의 주먹을 움켜쥐었다.

'윽!'

펑!!

커다란 기운의 폭발과 함께 구황경의 몸이 뒤로 밀려나가며 교차시켰던 두 팔에서 피가 흘러내렸다.

찢겨진 피부 사이로 피가 주르륵 흘렀다.

"잡기술을……."

구황경이 이를 드러내며 분노했다. 그가 흡기에 실패한 이유는 아주 간단했다. 태무선의 권격이 구황경의 두 팔에 막히기 직전 폭발했고, 그 충격으로 밀려나는 바람에 태무선의 주먹에 손이 닿지 못했다.

폭권(爆拳). 한데 응축된 기운을 주먹의 끝에 실어 상대방에게 닿기 직전 터트린다.

권격에 담긴 힘은 약화되지만 상대를 찢거나 부러뜨려 죽이기 위해 고안된 투령무일체의 권법 중 하나였다.

투신의 무공답게 단순무식한 이름과 그에 걸맞은 단순함을 지닌 폭권은 우습게도 무공을 펼치는 주인의 몸에도 상처를 입힌다.

본래라면 금강신의체와 철요수의 도움을 받아 상처를 입지 않겠다만.

"오래는 못 쓰겠네."

태무선의 자신의 주먹에서 흐르는 피를 무심히 닦아낸 후 구황경을 향해 발걸음을 내디뎠다.

"무식한 놈."

용린보를 펼치며 다가오는 태무선을 향해 구황경이 두 손을 들어올렸다.

"흐읍!"

양손을 모으며 펼치는 장법.

합령묵회장(合靈墨回掌)이 태무선을 향해 쏘아졌다.

양손으로 활짝 펼쳐 쏘아 보내는 장법답게 그의 합령묵회장은 태무선을 크게 덮쳤다.

투신은 적의 공격을 두려워해서는 안 된다. 적이 공격을 해온다면 너는 그보다 더 강하게 때리면 돼.

투신은 짓밟는 자다. 투신은 군림하는 자다.

투신은…….

콰가가가강──!!

합령묵회장이 태무선을 덮치며 거대한 폭발을 만들어냈다. 그 위력이 얼마나 강했는지 구황경은 자신의 내공이 절반가량 빠져나갔음을 느꼈다.

'역시 물러서거나 피하지 않는군.'

투신에게 후퇴나 물러섬이 없음을 알고 있는 구황경은 후속타를 준비했다. 합령묵회장은 매우 강한 장법이었으나 투신을 죽이기엔 부족했다.

그의 예상대로 태무선이 합량묵회장이 만든 모래먼지를 뚫고 나타나 구황경의 앞으로 쏘아졌다.

구황경이 자세를 낮추며 주먹을 뻗었다.

진백열권(鎭白熱拳).

백색의 권강이 태무선을 다시금 집어 삼키려 아가리를 벌리는 순간, 태무선의 왼손이 구황경을 향해 빠르게 뻗어져왔다.

"늦었다."

하지만 구황경의 진백열권이 먼저 쏘아지며 태무선의 몸에 적중했다.

쾅―!

귀청이 떨어질 것만 같은 강한 폭음성.

그러나 태무선은 밀려나지도 멀어지지도 않았다.

그의 왼손은 여전히 앞으로 뻗어와 구황경의 손목을 움켜쥐었다.

"어리석은 놈. 제 발로 내게 내공을 갖다 바치는구나."

구황경은 태무선의 어리석음을 비웃었다.

마침 합량묵회장과 진백열권에 의해 내공이 거의 바닥난 상태. 이대로 태무선의 남은 내공을 흡기한다면 그를 무너뜨릴 수 있으리라.

'흡기하여 끝낸…….'

퍽―!

구황경은 왼쪽 얼굴에서 아찔한 고통을 느꼈다.

정신을 똑바로 차리지 않았다면 혼절했을 뻔한 충격.

하지만 그의 충격은 이게 끝이 아니었다.

태무선은 여전히 구황경의 손목을 움켜쥔 채로 오른주먹을 휘둘렀다.

퍽— 퍽— 퍽—!

세 번의 권격이 구황경의 몸을 난타했고 그럴 때마다 구황경이 몸을 펄떡였다.

"킥!"

피를 토해내며 비틀거리던 구황경은 피로 물들어 붉어진 시야로 태무선을 노려보았다. 태무선은 온몸에서 피를 흘리며 구황경을 향해 주먹을 휘두르고 있었다.

"이… 빌어먹을 새끼가!"

구황경은 태무선을 향해 날카롭게 벼려진 조법으로 그를 공격했다.

다섯 개의 손가락이 태무선의 가슴을 훑고 가며 그의 살점을 뜯어냈지만, 태무선은 미동조차 하지 않았다.

대신, 더욱 강렬한 기세로 주먹을 휘두를 뿐.

뻐억——!

"어억……!"

이제는 신음소리조차 제대로 나오지 않았다.

태무선의 주먹은 마치 쇠로 단련되어 만들어진 듯 묵직하고 단단했다.

휘둘러지는 태무선의 주먹에 맞을 때마다 혼이 날아갈 듯했고, 정신을 차리기 위해 안간힘을 써야 했다.

'흡기… 흡기를 하면 내가 이긴다!'

그 와중에도 구황경은 태무선의 기운을 흡기하려 그에게
잡힌 손목을 재빨리 비틀어 태무선의 손을 맞잡았다.

'됐다!'

손을 맞잡았으니, 이젠 흡성대법을 이용해 기를 빨아들
일 차례. 구황경은 손바닥에서 느껴지는 뜨거움에 회심의
미소를 지었다.

"내가 말하지 않았더냐. 흡성대법은 현존한 무공 중에서
가장 완전한… 컥!"

태무선의 주먹이 구황경에게 내리꽂혔다.

얼굴을 얻어맞은 구황경은 숨조차 제대로 쉬지 못하고
몸을 비틀거렸다. 하지만 흡성대법의 힘으로 빠르게 회복
한 구황경이 입가에 고인 피를 내뱉으며 살기 어린 눈으로
태무선을 노려봤다.

"네놈이 아무리 발버둥 쳐도 넌 날 이길 수 없다!"

퍼억—! 퍽!

두 번의 권격에 이어서 태무선의 왼발이 구황경의 무릎
을 찍어찼다. 덕분에 무릎이 꺾인 구황경의 신형이 반쯤
무너지자 태무선은 구황경의 어깨를 내리찍었다.

쾅! 소리와 함께 구황경의 두 무릎이 땅에 박혀 들어갔
다. 그때까지도 구황경과 태무선의 손은 맞잡혀 있었다.

'어떻게 된 거지?'

분명히 유리한 건 자신이다.

자신은 계속해서 태무선의 기를 빨아들이고 있었고, 태

무선은 채워지지도 못하는 단전을 계속해서 비워내고 있었다. 그런데… 왜 자신이 두들겨 맞고 있는 건가.

왜 내가 두 무릎을 꿇고 있는 건가.

왜… 두려움은 자신의 몫인가.

턱—

태무선의 왼발이 구황경의 머리를 짓밟아 내리찍었다.

쿠웅!

보통 무인이라면 머리가 으깨지고도 남을 충격이었지만, 구황경의 머리는 으깨지지 않았다. 그 대신, 구황경의 머리는 바닥에 처박힌 채 꿈쩍도 하지 않았다.

"하아… 하…….."

태무선은 허리를 곧추세우며 구황경을 내려다보았다.

온몸이 당장에라도 바스라질 것처럼 고통스러웠지만, 기분은 남달랐다.

막혀 있던 가슴이 뻥 뚫린 기분이었다.

"교주님!"

구황경이 쓰러진 것을 확인한 사악교의 무인들이 태무선의 앞을 막아서며 자신들의 교주를 보좌했다. 두 무인이 이미 망가질 대로 망가진 구황경을 일으켜 세웠다.

"괜찮으십니까!?"

"그래……."

"지금 안쪽으로 모셔드리… 으으윽… 끄흑!"

구황경을 부축하던 두 무인이 몸을 이리저리 비틀기 시작했다. 고통스러운 신음성과 함께 두 명의 무인은 급속도로 늙어가기 시작했다.

털썩―

마침내 완전히 늙어 고목나무처럼 변해버린 두 무인이 바닥에 널브러지고 구황경은 양손으로 자신의 헝클어진 머리를 쓸어 올렸다.

"칭찬해주지. 나를 이만큼 몰아세운 것은 네놈이 처음이다."

언제 그랬냐는 듯 구황경은 멀쩡한 모습으로 돌아왔다.

자신의 모든 것을 쏟아부어 쓰러뜨린 상대가 지금까지의 싸움이 마치 환상이었던 양 원래대로 돌아갔으니 절망해도 이상하지 않을 상황. 태무선은 묵묵히 빠르게 상처를 회복한 구황경을 마주봤다.

"투신이라… 확실히 위험한 힘을 지녔구나. 가만히 놔두었다면 위험했을 뻔했어."

우득― 우득―!

목을 좌우로 꺾으며 뭉친 근육들을 풀어준 구황경이 한 손을 거만하게 내밀며 말했다.

"자 2차전을 시작하지."

* * *

"전 받아들일 수 없습니다!"

구황천은 고개를 가로저으며 강렬히 반대의 뜻을 내비쳤다. 그러나 그의 앞에 선 구황목은 뒷짐을 진 채로 우두커니 서서 하늘을 올려다보고 있었다.

"할아버님… 아니, 검신께서는 아직 정정하시지 않으십니까."

"나는 검의 극의를 맛보았고, 검사로서 이룰 수 있는 가장 높은 경지에 올라왔다고 자부할 수 있다."

그 누가 아니라고 말할 수 있겠는가.

현 중원의 최강자이자 최고의 검사는 바로 검신 구황목이었으니.

구황천은 자신도 모르게 뒤로 몇 걸음 물러섰다.

"아직은 안 됩니다. 아니… 이후에도 전 받을 수 없습니다."

"받거라. 그것이 네가 살아남을 수 있는 유일한 방법이니."

"차라리 함께 사악교와 맞서는 게 어떻습니까. 마교주를 이용하여 무림맹이 세력을 되찾아가고 있습니다. 이대로라면 사악교에게서 무림맹을 되찾는 것도 무리는 아닐 겁니다."

"그리될지도 모르지. 하지만 그걸 네 손으로 이루지 못한다면 무슨 의미가 있겠느냐."

이어지는 구황목의 물음에 구황경은 아무 말도 할 수 없었다. 사실 그의 말대로 무림맹이 빼앗긴 세력을 되찾을 수 있게 된 이유에는 마교의 교주라는 태무선이 있었다. 알게 모르게 무림맹 내부에서는 맹주인 자신보다 태무선의 이름이 더 많이 거론되고 있었다.

과거, 무림맹의 원수였던 마교와 마교의 교주가 지금은 우습게도 무림맹의 희망이 된 것이다.

맹주인 자신이 아닌, 마교의 교주인 태무선이.

"나는 네 재능을 의심하지 않는다. 너의 노력을 무시하지 않는다. 그러나 내겐 시간이 별로 남아 있지 않구나. 네 재능이 꽃피우는 그 순간을 나는 함께 할 자신이 없다."

주먹을 강하게 말아 쥔 구황천의 손이 파르르 떨리자 어느새 그의 곁으로 다가온 구황목이 구황천의 손을 부드럽게 잡아주었다.

'아.'

어느새 이렇게 늙은 걸까. 아직도 태산과 같은 기개를 가진 구황목의 손바닥은 자글자글한 주름으로 가득했다.

똑같지 않은, 앞선 시간을 살아가는 구황목의 세월은 어느새 끝자락의 다다랐고, 구황천은 이를 직감했다.

구황목의 시간이 얼마 남지 않았음을.

"나는 황기를 잃었다. 무의 극의에 미쳐 손자도 잃어버렸지. 그리고 이젠, 목숨을 걸고 지키려했던 무림맹을 잃어버리기 직전까지 왔다."

구황목의 목소리엔 그답지 않은 회한이 느껴졌다.

"영광스러운 삶이었지만, 후회스러운 삶이었다. 그러니 너는 나와 같은 실수를 하지 말거라."

"알겠습니다."

끝내 구황천은 고개를 떨구었고, 구황목은 그런 구황천의 머리를 부드럽게 쓸어내려주며 입을 열었다.

"준비하거라. 단단히 각오해야 할 테니."

"예. 할아버님."

구황천과 구황목은 고개를 들어 서로를 바라봤다.

지금 그들이 하려는 일은 매우 위험하면서도 조심스러운 일이었다.

* * *

"이곳으로 가면 교주님을 만날 수 있는 게냐."

"네. 어서 이쪽으로!"

소백은 메마른 두 다리와 팔을 간신히 움직이며 자신을 따라오는 사강목을 두루 살피며 앞으로 나아갔다.

다행히 사악교주와 태무선의 경천동지할 싸움에 이목이 끌려 있는 탓인지 교단의 내부에서 움직이는 것은 크게 어렵지 않았다.

주변을 살피며 살금살금 걸어가던 소백은 자세를 낮춰 두 눈을 감고 정신을 집중했다.

향상된 오감 사이로 커다란 폭음성과 진동이 느껴졌다.

"거의 다 왔어요!"

이젠 굳이 정신을 집중할 필요도 없었다. 그만큼 가까워진 전장에서는 뜨거운 열기마저 느껴졌다.

소백은 건물을 끼고 움직여 사강목과 함께 전장으로 향했고, 도착한 전장에서는 수많은 사악교의 무인들이 모습을 드러냈다.

'이건 너무 많잖아!?'

교단의 모든 무인들이 한달음에 달려왔는지 구황경과 태무선의 싸움터에는 셀 수 없을 만큼 많은 무인들이 한데 모여 있었다.

'이걸 어떻게 뚫는담?'

잠시 망설이던 소백은 자신의 옆에서 가쁜 숨을 몰아쉬고 있는 사강목을 바라봤다.

근육이 빠져 뼈만 남은 팔과 다리.

홀쭉해진 볼. 도저히 흑도마수라고는 볼 수 없는 앙상한 모습의 사강목을 안쓰럽게 바라보던 소백은 손가락을 튕기며 얼굴을 밝혔다.

"이번에야말로!"

소백은 자신의 상처 난 부위를 그대로 드러내며 그 위에 손가락으로 기다랗고 옅은 상처를 만들어냈다.

그러자 피가 줄기처럼 흘러내렸다.

"이번엔 되겠지!"

소백은 사강목에게 잠시 가만히 숨어 있어 달라는 말을 남긴 채 전장을 지켜보고 있는 무인들을 향해 소리쳤다.

"도, 도와주십시오!"

절박한 소백의 외침에 몇몇 무인들이 뒤를 돌아보았다.

그러자 소백이 바닥에 철퍼덕 넘어져 바닥을 기며 말했다.

"흑도… 흑도마수가 탈옥했습니다!"

"뭐라고!?"

"흑도마수가?"

"백귀가 나타나… 감옥에 있던 사강목을……."

"젠장! 배신자년이 기어코 나타났군!"

"그놈들은 어디로 갔느냐!"

어디로 도망쳤냐는 무인의 물음에 소백이 남서쪽을 가리키며 피 섞인 기침을 토해냈다.

"쿨럭! 쿨럭! 저, 저쪽으로 가는 것을 제 두 눈으로 똑똑히 보았습니다."

"움직여라! 사강목을 놓쳐서는 안 돼!"

사강목의 탈옥소식을 전해들은 교단의 무인들이 소백이 가리킨 방향을 향해 맹렬한 기세로 달려갔다.

무인들의 대부분이 흑도마수를 잡으러 달려간 사이 소백은 무인들의 공백으로 남겨진 틈새를 향해 숨어 있던 사강목과 함께 달려갔다. 거리가 가까워질수록 진동은 커져갔고, 충격파에 의해 몸이 흔들렸다.

'도대체 무슨 싸움이 벌어지고 있는 거지?'

쉴 새 없이 들려오는 폭음성과 이따금씩 느껴지는 크나큰 진동. 소백으로서는 감히 상상조차 할 수 없는 싸움이 벌어지고 있었다.

"조금만 더 서두를 수 있겠느냐."

사강목은 뭐가 그리 급한지 소백을 채근했고, 잠시 망설이던 소백은 사강목에게 자신의 등을 내어주었다.

"업히세요. 그편이 더 빠를 겁니다."

소백의 몸이 정상이 아님은 사강목도 알고 있었지만 차마 거절할 수 없었다.

그보다 급한 일이 남아 있었기 때문이었다.

'부디 늦지 않기를…….'

키는 사강목이 훨씬 더 컸기에 소백에게 업혔어도 사강목의 다리가 땅에 끌렸다.

이를 어찌할 방도가 없었기에 소백은 할 수 없이 사강목을 업은 상태로 발돋움을 시작했다.

"꽉 잡으세요!"

사강목을 업은 소백이 하늘로 솟구쳤다.

＊　　＊　　＊

쿠우우우—!

"카악! ! 젠장할 놈들."

열 명의 그림자와의 사투를 끝낸 마중혁은 피가 섞여 있는 침을 뱉으며 소맷자락으로 입술을 훔쳤다.

"저건 나조차도 도울 수 없겠는데."

도를 내려뜨리며 신형을 돌린 마중혁의 눈에 들어온 것은 두 무인의 싸움이었다.

태무선의 두 주먹이 자유롭게 움직이며 구황경과 맞섰고, 구황경은 쉴 새 없이 강력한 무공을 연달아 펼쳤다.

애초에 자신의 것이 없는 구황경에겐 주변에서 서성거리는 무인들이 내공을 갖다 바쳤기에 내공을 조절하거나 안배할 필요가 없었다.

하지만 그에 반해 태무선의 내공에는 한계가 있었다.

이대로 시간이 끌리게 되면 불리한 쪽은 태무선이었기에 마중혁은 도를 쥐고 호시탐탐 기회를 엿봤다.

'제깟 게 흡성대법이니 뭐니 하는 것을 익혀봤자 목이 달아나면 죽는 건 매한가지다.'

도를 움켜쥐고 안력을 돋우었다.

곧이어 터져가는 모래먼지 사이로 태무선과 구황경의 모습이 비춰지자 마중혁이 이를 악물었다.

'반드시 단 한수에 목을 쳐야한다.'

만약 실패하게 된다면 구황경이 마중혁을 의식하여 기회를 주지 않을게 뻔했다. 그러니, 단 한 번의 참격으로 구황경의 목을 쳐야 했다.

"후우우."

깊은 숨을 들이마셨다 내쉬며 내공을 갈무리한 마중혁이 도를 쥔 손에 힘을 주며 눈을 빛냈다.

'곧 때가 온다!'

강력한 일격을 서로 주고받을 때 생겨나는 틈.

그때를 노리기 위해 마중혁이 도신에 내공을 불어넣는 순간, 그의 옆에서 철퍼덕 소리가 들려왔다.

"악!"

어디선가 날아온 소백이 바닥에 처박히며 데굴데굴 굴렀

고, 그로 인해 소백에게 업혀 있던 사강목이 바닥을 굴렀다. 이를 발견한 마중혁이 아연실색한 얼굴로 사강목에게 달려갔다.

"장로님!"

"끄응!"

바닥을 구르다가 겨우 정신을 차린 사강목이 자신에게 다가온 마중혁을 올려다보았다.

"중혁이냐."

"무사하셨습니까!"

"그래… 교주님은 어디 계시느냐."

"저곳에서 사악교주와 싸우고 계십니다. 헌데 이곳엔 왜 오신 겁니까!? 분명히 탈옥하는 즉시 이곳에서 도망치라고……."

"저 싸움을 말려야 한다."

"예?"

"저 싸움을 말려야 해. 지금 문제는 사악교주가 아니다!"

"하지만 저 싸움을 무슨 수로 막는단 말입니까."

구황경과 태무선의 싸움은 그 누구도 범접할 수 없을 정도로 강렬한 기운을 발산했다.

평범한 무인이라면 그 둘에게 다가가는 것만으로도 온몸이 바스러져 죽을 정도였다. 복잡한 시선으로 두 교주의 싸움을 지켜보던 소백이 몸을 일으켰다.

"제가 멈춰보겠습니다."

"네가? 무슨 수로 저 싸움을 멈춘단 말이냐?"

새파랗게 어린 소백이 구황경과 태무선의 싸움을 말려보 겠다고 하니 마중혁이 의아한 표정을 지었다.

그러자 소백이 자신의 천마신검을 움켜쥐고 자신의 온 내공을 끌어올렸다.

"이렇게요."

천마검법에서도 가장 강력한 검법 중 하나로 손꼽히는 검법. 천마멸천지검. 아직 천마멸천지검을 능숙하게 다루 는 것은 무리였으나.

소백은 아무래도 좋았다.

이목을 끄는 것. 태무선이 자신들을 보기만 해도 좋다.

"흐으으읍!"

천마멸천지검을 펼치는 소백의 온몸이 빠르게 진동했 고, 천마신검의 검신이 좌우로 빠르게 흔들렸다.

보는 사람마저 긴장되는 순간.

소백이 천마신검을 높이 치켜들었고, 마중혁이 외쳤다.

"제대로 펼칠 수 있겠느냐!? 교주님이 다쳐선 안 된다!"

"그건… 저도 장담 못해요!"

"뭐라고!?"

"하아압!"

소백은 구황경과 태무선이 맞붙는 순간을 노려 검을 휘 둘렀다.

천마신검을 떠난 천마멸천지검의 강력한 검기가 대기와 대지를 가르며 쏘아져나갔고, 본능적으로 위험한 기운을 감지한 구황경과 태무선의 시선이 동시에 돌아갔다.

휙—!

구황경이 뒤로 물러섰다. 애써 천마멸천지검을 막아내면서 내공을 낭비할 필요는 없었기 때문이었다.

반면에 태무선은 소백과 그의 곁에 서 있는 마중혁 그리고 사강목을 발견했다.

'구했네.'

가만히 멈춰선 태무선의 앞으로 천마멸천지검의 검기가 빠르게 날아가 터졌다.

꽝——!

거친 폭음성과 함께 태무선이 사강목이 있는 곳으로 한 달음에 달려왔다.

"사강목."

자신을 부르는 태무선의 목소리에 사강목이 감격한 듯 고개를 치켜들었다.

"교주님."

이 얼굴을 보기까지 얼마나 많은 시간이 걸렸는가.

무려 오 년 만에 태무선을 만나게 된 사강목은 고개를 떨구었다.

"이 불충한 사강목을 용서해주십시오. 제 부족함으로 교주님을 힘들게 하였으니."

"살아 있으면 됐다. 돌아가자."

마중혁이 사강목을 일으켜 세우고 힘을 모두 소진한 소백이 비틀거리며 천마신검에 몸을 의지했다.

태무선은 무사히 사강목을 탈옥시키는 데에 성공한 소백의 머리를 쓰다듬어주었다.

"수고했다."

"헤헷… 별거 아니었어요."

소백은 애써 미소 지으며 별거 아니었다 말했지만, 태무선은 그의 몸에 난 상처들을 통해 소백이 어떤 길을 걸으면서 사강목을 구했는지 알 수 있었다.

"사강목을 구했군. 재주도 좋아."

그 사이 구황경은 사악교의 무인들을 끌고 와 흡기하여 원래의 몸 상태로 돌아갔다.

"저런 괴물같은 놈."

상대방의 기운을 흡수해 끊임없이 회복하는 그야말로 괴물 그 자체. 마중혁이 도를 치켜든 채 앞으로 나섰다.

"제가 저놈의 시선을 끌고 있는 동안에 어서 탈출하시지요!"

"네가 잡히면 또 너를 구하러 와야 하니까 헛소리 말고 붙어 있어."

"하지만……."

오랜만에 멋진 척을 해보려 했건만, 태무선의 날카로운 일침에 마중혁은 뒤로 물러섰다.

"이곳까지 와서 사강목을 구하다니… 집념은 인정한다만 이젠 어떻게 돌아갈 생각이냐."

구황경이 싸늘하게 미소 지으며 교단을 쓸어보았다.

이미 사악교의 무인들은 퇴로를 모두 차단한 상태.

태무선과 일행들이 도망칠 곳은 아무 데도 없었다.

　"자. 태무선… 네가 이곳에 남겠다면, 나머지 놈들은 모두 교단 밖으로 안전하게 보내주마."

　"미친놈! 헛소리하지 마라!"

　말도 안 되는 구황경의 제안에 마중혁이 욕지기를 날렸다.

　"교주님 저놈이 하는 말은 신경 쓰지 마십시오!"

　"괜찮은 제안인데."

　"예!?"

　태무선이 미소 지었다.

　"나만 남으면 나머지는 모두 보내준다는 말 지킬 수 있겠어?"

　태무선의 물음에 구황경이 호탕하게 웃으며 고개를 끄덕였다.

　"어차피 네놈 말고는 내게 아무런 의미도 없는 쓰레기같은 놈들이다. 네놈만 이곳에 남는다면 나머지는 얼마든지 보내주마."

　상황이 점점 미묘하게 흘러가자 마중혁이 고개를 세차게 흔들며 태무선의 앞에 섰다.

　"제가 막을 테니 교주님은 가십시오!"

　"나와 마중혁."

　"모르시겠습니까!? 여기 있는 모두가 교주님을 위해서라면 망설이지 않고 목숨을 내던질 수 있는 자들입니다. 만약! 교주님이 이곳에 남겠다면 저도 남겠습니다."

"남으려는 게 아니야."

"그럼 왜 이러시는 겁니까."

손을 뻗어 마중혁의 어깨에 손을 올린 태무선은 그를 뒤로 밀어내며 말했다.

"저 녀석을 죽이지 않으면 끝나지 않을 테니까."

그제야 마중혁은 깨달았다.

태무선은 이곳에 남으려는 게 아니었다. 애초부터 사악교주를 죽이는 것, 그것이 태무선의 목표였다.

"그러니까 걸리적거리지 말고 사강목이나 챙겨서 돌아가. 나는 저 녀석에게 아직 볼일이 남아 있으니까."

그 어떤 말도 떠오르지 않았다.

태무선을 설득할 수 있는 말도 행동도 떠오르지 않는 마중혁은 머릿속이 하얗게 변한 듯했다.

마음 같아서는 태무선의 곁에 서서 싸우고 싶었으나, 그러자니 사강목이 마음에 걸렸다.

한편, 이 모든 상황을 멀찍이서 지켜보던 비현은 태무선을 바라보며 눈웃음을 지었다.

"역시… 탐난단 말이야."

보름달을 깎아 박아 넣은 듯 환하게 빛나는 비현의 눈이 사강목을 향했다.

"그러니 저를 위해서라도 그 모진 목숨을 바쳐주시길 바라요. 사장로."

사강목을 향한 비현의 손길이 부드럽게 펼쳐졌다.

"윽!"

사강목의 몸이 갑작스레 벌벌 떨렸다.

'마녀⋯⋯.'

어디선가 마녀의 시선이 느껴지고, 자신의 몸이 통제권을 벗어나는 것이 느껴졌다.

'그녀의 목적은 어디까지나 교주님이다.'

자신 따위야 마녀에겐 아무 의미도 없었다.

그저 목적지로 건너가기 위한 다리에 불과하다.

"뜻대로는 되지 않을 것이다."

이겨내진 못하더라도 뜻대로 두지 않으리라.

사강목은 앙상한 두 다리를 일으켜 세우며 태무선의 등을 바라보며 걸었다.

당신을 보는 순간, 저는 제 눈을 의심할 수밖에 없었습니다.

죽었다고 알려진 투신의 제자를 제가 만난 겁니다.

그래서, 무너진 마교를 재건할 수 있으리란 꿈에 부풀었습니다. 당신은 충분히 그럴 만한 힘과 능력을 갖고 있었기에.

하지만 부족한건 제 자신이었습니다. 죄송합니다. 이 못난 사강목을 용서하지 마십시오. 여전히 마교라는 큰 짐을 짊어진 채 묵묵히 걷고 있는 당신에게⋯⋯.

부디. 너무 슬퍼하진 않기를. 바라겠습니다.

"교주님."

등 뒤에서 들려오는 사강목의 목소리에 태무선이 뒤를 돌아보는 순간, 사강목이 해맑은 웃음을 보이며 말했다.

"죄송합니다."

사과하지 말고 몸을 추스르라는 말을 하려던 태무선의 앞에서.

사강목이 무너졌다. 그는 입과 코 그리고 눈과 귀에서 피를 흘렸고, 놀란 마중혁이 그를 부축했다.

"장로님! 장로님! 이게 어떻게……!"

"사강목!"

"제기랄! 왜… 어째서!"

사강목의 몸을 살펴본 마중혁은 그가 주화입마에 빠져가고 있음을 깨달았다. 얼마 없는 내력이 역류하며 혈도들을 망가뜨렸고, 이미 쇠약해질 대로 쇠약해진 사강목의 몸은 갑작스러운 주화입마를 견디지 못하고 무너지기 시작했다.

사강목이 무너지고, 그의 몸이 안쪽에서부터 망가졌다.

그는 죽어가는 중이었다.

백색의 감옥

"흐음."

비현은 무너진 사강목을 보며 뾰로통한 표정을 지었다.

"이거 한방 먹었네요 사장로."

이미 그녀의 현혹술에 빠져든 사강목은 비현의 꼭두각시가 된 상태였다. 이를 이용해 태무선을 뒤에서 치려고 했다.

물론, 사강목의 망가진 몸으로 태무선을 죽이진 못하겠지만 상관없었다.

애초에 비현의 목표는 태무선의 죽음이 아니라, 믿었던 사강목에게 배신을 당하게 하는 것이었으니.

하지만 이를 눈치챈 사강목이 스스로 주화입마를 일으킨
것이다.

"꼭두각시가 되지 않으려… 자신의 주군을 배신하지
않으려 스스로 죽음을 택했다라. 멋진 분이에요. 당신
은."

섬섬옥수로 가볍게 손뼉을 쳐준 비현은 곧 안쓰러운 표
정을 지었다.

"하지만 별 의미는 없겠네요. 어차피 제 목표는 이뤄질
것 같으니."

비현은 웃었다.

아름다운 외모에 걸맞은 아름답고 화사한 웃음이었다.

"태무선은 무너질 겁니다. 제게."

사강목이 쓰러지고.

그의 앞을 지키는 태무선의 뒤편으로 구황경이 모습을
드러냈다.

이미 흡기를 마친 구황경의 몸 상태는 최적의 상태나 다
름없었다.

단전 안에는 내공으로 충만했고, 몸의 상처들도 대부분
나은 상태였다.

"기껏 구해주러 왔더니, 지 스스로 죽어버렸군. 아쉽게
되었구나. 태무선."

죽어가는 사강목을 묵묵히 지켜보던 태무선은 고개를 치
켜들어 하늘을 올려다보았다.

"이젠 알겠어."

"음?"

"화나는 게 어떤 기분인지를."

"사강목이 죽으니 정신이 나간 것이냐."

구황경은 갑작스러운 사강목의 죽음으로 태무선이 정신을 놓아버린 거라 여겼다.

그리고 태무선은 고개를 끄덕이며 구황경을 향해 시선을 돌렸다.

"그럴지도."

"자 내 제안은 아직도 유효하다. 나머지도 지키고 싶다면 네놈은 이곳에 남는 것이 좋을 것이다."

구황경은 여전히 태무선의 힘이 탐났다.

그간의 싸움으로 흡기한 태무선의 내공은 다른 무인들과는 차원을 달리했다.

그동안 흡기해온 기운들이 시장바닥에서 파는 싸구려 음식들이라면 태무선은 궁궐에서나 맛볼 수 있는 최고급 음식. 그 자체였다.

'탐이 난다. 널 먹어치우면… 난 검신을 뛰어넘는다.'

태무선을 먹어치움으로써 구황경은 검신을 뛰어넘을 수 있는 힘을 갖게 될 거라 믿어 의심치 않았다.

그는 허기졌다.

배고픔과 탐욕으로 번들거리는 눈빛으로 태무선을 노려봤다.

"자… 선택해라. 네 자신을 희생함으로써 저들 모두를

구할 것인지 아니면 모두 함께 죽을 것인지를 말이다!"

픽—!

콰가가가강———!!

구황경의 신형이 날아가 바닥에 처박히며 몇 바퀴를 굴렀다.

"커헉!"

바닥에 손을 짚으며 간신히 얼굴을 들어올린 구황경은 바로 앞까지 다가온 커다란 무언가를 향해 두 눈을 부릅떴다.

콰직!

태무선의 오른발이 구황경의 머리를 짓밟았다.

쾅!

지축이 크게 흔들리며 구황경의 신형은 머리부터 어깨까지 바닥에 처박혔다.

그 힘이 어찌나 강했는지 가만히 서 있던 무인들이 넘어질 정도였다.

"끄으윽!"

두 손을 뻗은 구황경이 태무선의 발목을 움켜잡았다. 그러자 태무선이 발을 들어올렸고, 구황경의 몸이 떠오르자 주먹을 날렸다.

퍼엉!

북 터지는 소리와 함께 다시 한번 구황경의 신형이 끈 풀린 연처럼 날아가 벽을 부수고 건물 안쪽에 처박혔다.

태무선은 멈추지 않았다.

그의 주먹에서 잿빛의 기운이 소용돌이쳤고, 태무선이 주먹을 휘두르자 그의 손에서 분출된 잿빛의 권기가 구황경이 처박힌 건물로 날아가 건물 째로 날려버렸다.

쾅—앙!

"이게 무슨 일이냐. 무슨 일이 벌어지고 있는 거지?"

마중혁은 지금 벌어지고 있는 모든 상황들이 이해가 안 되는 듯 입을 뻐끔거렸다.

그도 그럴 것이 태무선의 힘이 전보다 말도 안 되게 강해 졌다.

그 강력했던 구황경이 태무선의 공격에 맥을 못 추리며 일방적으로 두들겨 맞고 있었다.

"크하악!"

무너진 건물의 잔해에서 모습을 드러낸 구황경의 모습은 말 그대로 만신창이가 따로 없었다.

벗겨진 피부 아래로 근육과 뼈가 드러났고, 몸의 절반에 달하는 뼈가 으스러졌다.

온몸에서 피를 흘리며 헐떡이는 구황경을 향해 태무선이 걸어 나가기 시작했다.

"나를… 나를 보호해라 당장!"

구황경의 외침에 사악교의 무인들이 태무선의 앞을 막아 섰다.

그런데 놀라운 일이 벌어졌다.

태무선은 자신의 앞을 막아선 이들을 무시한 채 구황경을 향해 걸었고, 사악교의 무인들은 감히 태무선을 막아서지 못했다.

그들은 태무선의 앞을 막아서며 깨달은 것이다.

자신들이 무슨 짓을 해도 이 자를 막을 수 없음을.

"비어먹글……."

이가 부러져 발음조차 제대로 되지 않는 입으로 욕지기를 내뱉은 구황경은 가까이 다가온 무인들의 목덜미를 움켜쥐고 기력을 흡수했다.

'어떻게 된 거지?'

사강목이 쓰러지고 난 후 태무선의 움직임이 달라졌다.

이전과는 비교도 할 수 없는 속도와 힘.

'지금까지 봐주고 있었다는 건가? 그럴 리가 없다.'

애써 고개를 저으며 부정한 구황경은 몸을 추슬렀다.

'내가 유리한 것은 변함없다.'

자신은 아무리 상처입고 쓰러져도 자신에게 기운을 뽑아줄 무인들만 있다면 언제까지고 싸울 수 있었다.

반면에 태무선은 아니었다.

'뭐가 저놈을 변하게 만들었는지는 몰라도 저 기세가 영원하진 않을 터. 시간을 끌면 내가 이긴다.'

구황경은 무인들을 방패삼아 뒤로 물러선 후 내공을 끌어올렸다.

꽝—!

무인들로 세운 벽이 단숨에 박살나며 구황경의 앞에 태

무선이 나타났다.

'시간을 벌어야 한다!'

만전의 상태의 태무선과 싸우면 자신이 이길 수 없음을 깨달은 구황경은 뒤로 물러서며 상황을 살피려했다.

하지만 번개같이 뻗어온 태무선의 손이 구황경의 멱을 움켜쥐었다.

"윽! 이놈이!"

구황경의 양손이 태무선의 손목을 움켜쥐었다.

그리곤 그의 기운을 빠르게 흡기했다.

'역시 이놈의 기는 보통이 아니다. 조금만 더 흡기하면…….'

"커억! 켁!"

입에서 각혈을 토해낸 구황경이 온몸을 비틀며 고통스러워했다.

핏줄이 터질듯이 부풀어 오르고 온몸의 혈도가 난잡하게 꼬이고 찢겨졌다.

마치 길들여지지 않은 수십 마리의 성난 말들이 온몸을 헤집고 다니는 기분.

아니, 화난 용 한마리가 온몸을 박살내며 꿈틀거리는 듯한 고통이었다.

"끄윽!"

더 이상 태무선의 기운을 흡기 할 수 없었던 구황경이 고통에 찬 신음을 흘리자 태무선이 그의 목을 움켜쥐었다.

망설임은 없었다.

태무선이 손아귀에 힘을 주었고, 구황경의 목에선 뼈가 부러지는 소리가 요란하게 들려왔다.

"오랜만이에요 태소협."

그런데 그때, 낯익은 목소리가 들려왔다.

태무선이 목소리가 들려온 곳으로 고개를 돌리자 그곳엔 비현이 서 있었다.

여전히 아름다운 자태를 가감 없이 뽐내는 그녀였지만 태무선의 눈빛에선 그 어떤 감정도 느껴볼 수 없었다.

"좋은 눈빛이에요. 이 눈을 만들고자 꽤 공을 많이 들였거든요. 물론 마지막에 사장로가 스스로 주화입마에 빠질 줄이야. 제 고생을 헛되이 하려 했다니까요."

"네 짓이냐."

살벌하다 못해 뼈가 얼어붙는 것만 같은 태무선의 목소리.

그럼에도 비현의 얼굴에선 웃음기가 감돌았다.

"네. 제 작품이에요."

획―!

태무선은 구황경을 아무렇게나 날려버린 후 비현에게로 다가섰다.

그러자 어디선가 나타난 그림자 두 개가 비현의 뒤에서 모습을 드러냈다.

한명은 소안귀검 백은섭이었고, 다른 한명은 암존이었다.

두 살수는 검을 반쯤 뽑아든 채 태무선을 경계했다.

"아! 저 소년이 사장로를 지하감옥에서 무사히 빼낼 수 있도록 도와준 것도 저예요."

비현이 배실거리며 자신을 손가락으로 가리켰다.

다른 이가 봤다면 비현의 그런 모습에 넋을 놓았겠지만 태무선은 여전히 말로는 표현 할 수 없는 눈빛으로 비현을 응시했다.

"이 정도면 칭찬해줘야 하는 거 아니에요?"

"사강목에게 무슨 짓을 한 거지?"

"글쎄요? 알고 싶어요?"

검지손가락을 들어 좌우로 흔든 비현이 혀를 살짝 내밀었다.

"안 알려줄래요."

비현의 시선이 위를 향했다.

어느새 태무선의 신형이 그녀의 앞에 당도했기 때문이었다.

놀란 암존과 백은섭이 급히 검을 뽑아 태무선의 목에 겨누었다.

"사강목에게 무슨 짓을 했지."

차가운 태무선의 물음에 비현이 미소 지으며 손을 내밀었다.

"제 손을 잡으시면 알려드릴게요."

이번에도 망설이지 않았다.

태무선은 비현의 손을 맞잡았고, 바로 그 순간, 태무선의 시야가 하얗게 변했다.

세상이 모두 하얗게 변하고.

있는 거라곤 온통 하얀 것들뿐이었다.

이게 어떻게 된 건지 상황을 파악해가는 태무선의 앞에 비현이 나타났다.

"드디어! 태소협의 안쪽으로 들어왔네요."

"이게 뭐지?"

"간단해요. 태소협의 무의식이죠. 제가 들어가지 못하는 사람의 무의식은 없었는데… 태소협이 유일했어요. 제가 들어갈 수 없는 사람은……."

태무선의 무의식이라고 밝힌 하얀 공간을 비현은 총총걸음으로 뛰어다녔다.

어찌나 신이 났는지 비현의 입가엔 미소가 가득했고, 커다란 두 눈은 반짝거렸다.

"이야아! 사실 정말 갖고 싶었거든요."

"뭘?"

"당신이요!"

하얀 공간을 뛰어다니던 비현이 태무선의 앞으로 다가와 그를 껴안았다.

"그리고 이제야 알겠네요. 제가 당신의 곁으로 들어올 수 없었던 이유를."

비현의 입이 초승달처럼 휘어졌다.

"당신은 감정을 느끼지 못하는군요. 스스로를 가둬놨어요. 보통 이런 경우는 어렸을 적 겪은 충격과 고통에서 스스로를 보호하고자 감정을 가두는 경우죠. 힘든 나날을 보냈나 봐요?"

쉽진 않은 유년기였다.

부잣집에 팔려갔고, 그마저도 산적들에게 양부를 잃었다.

살고자 매달린 지강천은 그에게 투신무를 가르쳤고, 살아남기 위해 모진 고통들을 견뎌야 했다.

"감정을 느끼지 못하는 자는 현혹할 수 없죠. 하지만 이젠 감정을 느끼고 있어요."

비현은 자신의 귀를 태무선의 가슴에 가져다댔다.

그의 가슴이 세차게 뛰고 있음을 느꼈다.

"뜨겁게 분노 중이죠. 소중한 사람을 잃었기 때문인가요?"

"당장 떨어져."

"하하하! 아직도 모르시는군요."

하얗고 가느다란 비현의 손길이 태무선의 뺨을 어루만졌다.

태무선이 이를 떨쳐내려 비현의 손목을 움켜쥐었다.

그런데……

'움직이질 않아.'

비현의 손은 꿈쩍도 하지 않았다.

대신, 비현의 손은 태무선의 어깨를 잡아 찍어 눌렀고,

형언할 수 없는 거력에 의해 태무선은 두 무릎을 꿇고 주저앉았다.

"말했잖아요. 이곳은 무의식의 세계라고. 당신의 힘은 이곳에서 아무런 의미도 없어요."

'꿈인가.'

태무선은 이곳이 현실인지 꿈인지 분간이 되질 않았다.

실로 오랜만에 느껴보는 무력감이었다.

"하지만 칭찬해줄게요. 무의식의 세계에서 제게 대항하려했던 사람은 당신이 처음이에요."

손뼉을 치며 꺄르르 웃은 비현이 양손으로 태무선의 목을 움켜쥐었다.

"자. 그러니 이제 말해요. 내게… 복종하겠다고."

"싫어."

"그럼 어쩔 수 없죠."

쾅—!

태무선의 머리가 바닥에 처박혔다.

무의식의 세계라더니 고통은 현실과 똑같이 느껴졌다.

"끄윽!"

온몸이 바스라지는 듯한 고통.

한손으로 태무선을 바닥에 처박은 비현이 웃으며 재차 물었다.

"이젠 복종할 마음이 드시나요?"

"아니."

쾅—!

태무선의 머리가 다시 한번 바닥에 처박히며 붉은 피가 사방으로 튀었다.

"이제는요?"

"싫다고 했잖아."

"흐응."

머리를 잡아 태무선을 가볍게 들어올린 비현은 주먹으로 태무선의 복부를 후려쳤고, 태무선의 신형은 빠른 속도로 날아가 바닥을 수차례 구른 후 두 개의 벽을 뚫고서야 멈출 수 있었다.

"역시 쉽게 가려고 하진 않으시네요. 이러면 저도 피곤하다고요."

어깨를 으쓱이며 태무선에게 다가온 비현이 그의 목을 발로 짓눌렀다.

목에서 느껴지는 엄청난 무게감에 숨이 쉬어지지 않던 태무선이 두 손을 뻗어 비현을 밀어내려 했으나, 비현은 여전히 꿈쩍도 하지 않았다.

"헛수고예요. 이 세계에서만큼은 전 천하제일인이거든요."

숨이 차오르고 태무선의 정신이 아득해질 때쯤 그의 목에서 발을 빼낸 비현이 몸을 숙여 태무선을 들어올렸다.

"마지막이에요. 아참 그전에 무의식의 세계에서 죽으면 현실에서도 영향을 끼쳐요."

비현은 손가락으로 태무선의 이마를 콕콕 찔렀다.

"뇌가 죽어버린다는 말이죠. 그러니까 제가 당신을 죽이

기 전에 제발 말해줘요. 내게 복종하겠다고. 아주 쉽잖아
요?"

"싫어."

"고집스러운 사람이야. 정말로."

비현은 오른발로 태무선을 뻥 차버렸고, 태무선은 다시
한번 끈 풀린 연처럼 날아가 바닥에 떨어졌다.

그러자 비현이 손을 휘저었고, 어디선가 나타난 거대한
백색 기둥이 태무선을 짓눌렀다.

"그럼 그냥 평생 이곳에서 갇혀 계세요."

비현은 미련 없이 돌아섰다.

길들이지 못하는 사냥개는 필요가 없었으니.

우드득— 우드득—!

땅이 갈라지는 소리가 들려오자 비현이 고개를 돌렸다.

그리고 그곳에선 거대한 백색의 기둥을 천천히 들어올리
고 있는 태무선의 모습이 보였다.

"휴… 태무선. 당신은 꼭 제가 손을 직접 쓰게 만드시네
요."

한걸음에 태무선의 앞으로 달려간 비현이 그의 어깨를
찍어 눌렀다.

하지만 이번에는 태무선의 두 무릎이 땅에 닿지 않았다.

'견딘다고?'

이곳은 무의식의 세계.

현실세계에서의 무력은 의미가 없는 곳.

이 세계에서의 힘은 정신력이었고, 비현은 단 한 번도 정신력으로 누군가에게 밀려본 적이 없었다.

애초에 이 세계 자체가 그녀의 것이었기 때문이었다.

"이제 발악은 그만두시죠."

비현이 강하게 짓누르며 태무선을 무릎 꿇리려 했다.

그러나 태무선의 몸은 꿈쩍도 하지 않았다.

자신의 등에 짊어진 백색 기둥을 천천히 끌어올리며 허리를 곧추세운 태무선은 자신의 어깨에 손을 올리고 있는 비현을 향해 입을 열었다.

"꺼져."

세상이 변해간다.

백색으로만 칠해진 세상이 원래대로 돌아오며 다시금 피비린내 나는 전장으로 돌아온 태무선은 자신을 당황한 듯한 얼굴로 바라보는 비현을 발견했다.

"단 한 명도 제 백세간옥(白世揀獄)을 빠져나온 사람은 없었어요. 특히나, 당신처럼 감정의 간극이 커진 사람은 말이죠."

분노와 복수심으로 가득한 태무선의 두 눈동자는 여전히 활활 타오르고 있었다.

제어할 수 없는 감정은 인간의 정신을 좀먹는다.

인간의 무의식에서 인간의 이지를 사로잡는 비현의 백세간옥은 감정이 격할수록 버틸 수 없는 무력감을 선사한다.

그럼에도 태무선은 스스로의 힘으로 백세간옥을 빠져나

왔다.

그 누구도 빠져나온 적 없는 그 거대한 백색의 감옥을 이겨낸 것이다.

"역시 당신이란 사람은 신기하네요. 무엇이 당신을 그렇게 만들었는지 모르겠지만."

백은섭과 암존의 모습이 사라졌다.

그들은 차례대로 칼날을 번뜩이며 태무선의 뒤편에서 나타났고, 마중혁이 경고를 하려 소리쳤다.

"교주님! 뒤입니다!"

마중혁의 경고가 채 끝나기도 전에 백은섭과 암존의 검이 태무선의 뒷목과 허리춤을 노렸다.

"마지막으로 묻지."

태무선의 양손이 순간적으로 세상에서 사라진 듯 투명해졌다.

이윽고 그의 뒤에서 나타났던 암존과 백은섭의 신형이 뒤편으로 튕겨나갔다.

"윽!"

"흠!"

암존과 백은섭은 자신의 검이 부르르 떨리고 있는 것을 보았다.

조금만 늦었어도 목이 부러졌거나, 얼굴이 박살날 뻔한 힘.

암존과 백은섭이 서로를 살폈다. 별다른 대화를 하진 않았지만, 자신들이 무엇을 해야 하는지 잘 아는 것처럼 두 살수는 빠르게 움직이며 어둠 속으로 사라져갔다.

"솔직히 말씀드리죠. 저는 사강목을 이용해 당신을 배신하게 만들려는 속셈이었습니다. 그래야지만 당신에게도 틈이 생길 테니까요."

"네가 사강목을 저렇게 만들었다는 거냐."

"아뇨!"

비현이 억울하다는 듯 울상을 지으며 손을 휘저었다.

"저분이 주화입마에 빠진 것은 스스로의 선택이에요. 물론, 제가 영향을 준 건 맞죠. 제가 심어놓은 암시에서 벗어나기 위해서 혹은 당신을 배반하지 않기 위해 스스로 목숨을 버린 거니까요."

결과적으로 사강목을 저렇게 만든 것은 비현이었고, 태무선은 몸을 움직였다.

그의 목표는 비현.

그녀에게 바짝 다가선 태무선이 손을 뻗어 비현의 목을 움켜쥐었다.

그 속도가 눈 깜박하는 것보다 빨라 비현과 나머지 무인들은 반응조차 하지 못했다.

하지만 태무선에게 목이 붙잡힌 비현은 가볍게 콧방귀를 뀌며 입술을 달싹였다.

"안타깝네요."

비현이 손을 뻗어 자신의 목을 움켜쥔 태무선의 가슴에 손을 얹었다.

"사강목과 같은 인간의 목숨은 중요하지 않아요. 당신과 나는 더 큰 일을 할 수 있는 사람이에요. 인간이 가진 가치의 급이 다르다는 거죠."

"닥쳐."

"당신도 언젠간 깨달을 거예요. 저들과 우린 다르다는 것… 그러니 머리 좀 식히고 와요."

빙긋—

화사하게 웃는 비현의 모습을 끝으로 태무선의 신형이 붕— 날아갔다.

바닥에 떨어지기 직전, 태무선은 몸을 한 바퀴 회전시키며 등이 아닌 두 다리로 바닥에 착지했다.

"읍!"

가느다란 핏줄이 입술 사이로 흘러내렸다.

태무선은 비현을 올려다보았고, 비현은 여전히 장난기가 가득한 얼굴로 태무선을 내려다보며 손을 흔들었다.

'사악교주가 중요한 게 아니었어.'

사악교주인 구황경은 분명 위험한 존재였다. 그러나 진정한 위험은 비현이었다. 이대로 그녀를 그냥 보내줄 수 없다고 생각한 태무선이 내공을 끌어올리려했다.

그런데 뭔가 이상했다.

'내공이… 없다.'

단전이 텅 비어 있는 듯 아무런 내공도 느껴지지 않았다. 발가락 하나 움직이기 힘든 상황. 그의 상태를 알아본 소백이 재빨리 태무선에게 다가와 그를 부축했다.

"괜찮으세요!?"

"별로 괜찮진 않네."

태무선의 상태가 별로 좋지 않음을 눈치챈 암존과 백은 섭의 시선이 비현을 향했다.

비현은 고개를 가볍게 끄덕였고, 무언의 명령을 받은 암존과 백은섭이 태무선을 향해 움직였다.

두 살수의 움직임은 매끄럽고 은밀했다.

해가 반쯤 저물어가면서 생겨난 기다란 그림자를 타고 두 살수가 태무선의 곁에 나타났다.

"제길!"

가장 먼저 반응한 것은 마중혁이었다. 주화입마에 빠진 사강목을 보필하며 그의 몸을 살피던 마중혁은 백은섭과 암존이 사라졌음을 깨닫곤 자신의 도에 손을 올렸다.

"죄송합니다 장로님. 잠시 기다려 주십시오!"

사강목을 잠시 내려놓은 마중혁이 도를 뽑아든 채 태무선을 향해 내달렸다. 수십 번의 싸움으로 온몸에는 자잘한 상처들이 가득했지만, 내공은 절반 이상이었다.

무거운 발걸음을 내디디며 태무선과 소백의 뒤에 도착하자 두 살수가 태무선의 양쪽에서 모습을 드러냈다.

수면 위로 뛰어오르는 두 마리의 날치처럼 그림자속에서 솟구친 두 살수가 동시에 비수를 던졌다.

내력이 담긴 두 비수는 정확히 마중혁의 사점을 노렸고, 놀란 마중혁이 도를 휘둘러 비수를 쳐냈다.

"큭!"

내력이 담긴 비수는 마치 망치로 얻어맞은 양 무겁게 느껴졌다. 내달리던 마중혁이 비수에 의해 멈춰서는 순간, 백은섭과 암존의 검이 태무선을 노렸다.

깡—! 깡!

두 번의 쇳소리와 함께 암존과 백은섭이 뒤로 물러섰다. 곧이어 태무선의 앞에 두 명의 여인이 사뿐히 내려앉았다. 은섬과 진사은이었다.

"주군."

"태무선."

동시에 모습을 드러낸 은섬과 진사은이 암존과 백은섭을 막아낸 후 태무선의 곁에 붙어 섰다.

"괜찮으십니까?"

가장 먼저 태무선에게 다가온 은섬이 태무선의 상태를 살폈다. 다행히 태무선의 몸에 큰 상처가 없는 것을 확인한 은섬의 눈에 안도감이 스쳐지나갔다.

한편, 진사은은 주변을 쓸어보며 내공을 끌어올렸다.

'숫자가 너무 많은데.'

사악교가 보유한 무인들의 숫자가 너무 많았다.

대충 봐도 세자리가 넘는 듯한 무인들은 각자의 무기를 꼬나 쥔 채 언제든 먹잇감을 사냥할 준비가 되어 있는 승냥이들처럼 눈에 살기를 담고 있었다.

진사은과 은섬이 앞을 막아서고 마중혁이 뒤를 막아서는 사이. 비현이 손을 들었다.

"길을 터주어라."

120

비현의 명령이 떨어지자 당장이라도 태무선과 일행들을 죽이려던 사악교의 무인들이 언제 그랬냐는 듯 뒤로 물러섰다. 그들의 동작은 일사불란했다. 물러서는 무인들에 의해 사악교의 정문으로 향하는 길목이 생겨났다.

"왜지."

지금이라면 태무선을 포함한 거치적거리는 방해꾼들을 모조리 몰살할 수 있는 절호의 기회였다.

그럼에도 비현은 스스로 길을 내어주었다.

복잡한 감정이 흘러나오는 태무선의 얼굴을 지켜보던 비현이 팔짱을 끼며 어깨를 들썩였다.

"글쎄요. 변덕이라고 해두죠."

이 말을 끝으로 비현은 손을 흔들며 다음에 보자는 말을 남긴 후 돌아섰다.

그녀의 말과 행동이 진심이라는 걸 보여주려는 듯 백은섭과 암존도 모습을 감췄다.

사악교의 무인들은 더 이상 살의를 보이지 않았고, 일제히 뒤로 물러서며 자신들의 무기를 거두었다.

태무선은 숨을 고르며 멀어져가는 비현을 바라봤다.

'이대로 돌아가는 게 맞는 건가.'

이성적으로는 이대로 돌아가는 게 맞겠지만, 이상하게도 발걸음이 쉽사리 떨어지질 않았다.

"어떻게 하시겠습니까."

그때 은섬이 태무선을 향해 물었고, 태무선은 숨을 고르며 주먹을 쥐었다.

"주군의 뜻에 따르겠습니다."

은섬은 언제든 태무선을 위해 함께 죽을 준비가 되어 있었다. 그녀는 자신의 검을 붙들고 결연한 의지를 내보였고, 태무선은 이젠 보이지 않는 비현의 뒤를 향해 고개를 끄덕였다.

"가야지."

"알겠습니다."

태무선과 은섬은 정문을 통해 나가는 대신 비현을 향해 나아가기로 결심했다.

"마중혁."

"예 교주님!"

"내가 돌아오지 않거든, 마교는 네가 이끌도록 해."

"그게… 그게 무슨 말씀이십니까! 마교를 제가 이끌라니요!?"

"애초에 내겐 어울리지 않는 자리였어. 그러니, 내가 돌아오지 않거든 마교는 네가 이끌도록 해."

"안 됩니다. 그럴 순 없습니다!"

마중혁이 달려와 태무선의 앞을 가로막아 섰다.

"교주님의 마음 잘 알고 있습니다. 한 번 정한 일은 어떤 일이 있어도 무르지 않으시겠지요. 하지만 지금만큼은 안 되겠습니다. 교주님이 저를 내치시더라도 절대… 이번 명령은 따를 수 없습니다."

"비켜 마중혁."

"대체 왜… 왜! 죽음을 재촉하시는 겁니까!"

"이번이 아니면 안 되니까."

할 수 없이 두 무릎을 꿇은 마중혁이 태무선의 앞에서 결사항쟁을 벌였다.

"정 가시려거든 제 목을 치십시오. 제가 죽기 전까진 교주님을 보낼 수 없습니다."

마중혁은 막아섰고, 태무선은 나아가려했다.

두 무인이 각자의 뜻을 위해 실랑이를 벌이는 사이 진사은은 사강목의 입에서 희미한 소리가 들려오고 있음을 발견했다.

"저자가 무슨 말을 하려는 것 같은데."

진사은의 말에 태무선이 뒤를 돌아 사강목을 향해 다가갔다.

"교주님……."

죽어가는 사강목의 입에서 희미한 그의 목소리가 들려오자 태무선이 자세를 낮춰 사강목을 조심스럽게 들어올렸다.

"교주님……."

"말해. 듣고 있으니."

"한 가지… 한 가지 소원이… 있습니다."

죽어가는 사강목의 소원. 태무선은 마음을 가라앉히며 피투성이의 사강목을 내려다보았고, 사강목이 핏기 어린 입술을 달싹여 미소를 그려내며 말했다.

"제가… 죽기…전에… 보고 싶은… 것이 있습니다."

덜덜 떨리는 사강목의 손이 자신의 몸에 얹어진 태무선

의 손을 포갰다.

"불충한 제… 마지막… 소원을 이뤄… 주시겠습니까."

스스로 만들어낸 주화입마로 엄청난 고통을 겪고 있음에도 사강목은 미소를 잃지 않았다.

부드러운 미소와 눈빛으로 태무선을 올려다보았다.

차마 그의 부탁을 거절할 수 없었던 태무선은 할 수 없이 사강목을 등에 업으며 말했다.

"돌아간다."

* * *

"이대로 보내주셔도 괜찮겠습니까."

백은섭은 비현이 터준 길을 따라 사악교의 교단을 빠져나가는 태무선과 일행들을 바라봤다.

막연한 불안감일까.

"다른 이는 몰라도 태무선은 그냥 보내주어선 안됩니다."

비현의 결정이라면 군말 없이 따르던 암존까지 태무선을 죽이길 바랐다. 그러나 비현은 웃음을 지으며 멀어져가는 태무선의 뒤를 흐뭇하게 바라봤다.

"괜찮아. 그냥 보내줘. 덕분에 즐거웠으니까."

가장 갖고 싶던 태무선을 보내주는 것은 안타까운 일이었다. 그러나 괜찮았다. 틈이 보이지 않던 태무선의 세계에서 그녀는 씨앗을 심었다.

124

그 씨앗이 언제 꽃을 피울지는 그녀조차 알 수 없지만,
꽃은 언젠가 개화(開花)할 것이다.

그때쯤이면 태무선의 그녀의 곁에 있을 테니.

"오랜 만남을 위해 짧은 헤어짐을 겪는 거니까."

이야기의 주인

바깥으로 빠져나온 태무선은 타고 왔던 마차에 사강목을 올리고 힘껏 내달렸다.

늦지 않기를 바라면서.

그리고 다행히도 늦지 않았다.

미리 안배해둔 덕에 장호련이 무신각의 무인들을 이끌고 모습을 드러낸 것이다.

그중에서는 아주 오랜만에 보는 해산문이 자신들의 부하들과 나타났다.

그들은 사강목과의 재회를 기뻐하면서도 그가 주화입마에 빠져 죽어간다는 것을 전해 듣고는 얼굴이 어두워졌다.

"사강목이 죽어간다니!?"

태무선을 기다리던 것은 장호련이나 해산문만이 아니었다.

마중혁의 서신을 받고 한달음에 달려온 뇌우명은 사강목을 받아들고는 안색이 어두워졌다.

그도 그럴 것이 주화입마에 빠진 사강목의 얼굴은 검게 죽어 있었기 때문이었다.

"이게 어떻게 된 것이냐. 어쩌다가……."

뇌우명이 해명을 요구하는 얼굴로 태무선을 바라봤다.

"설명은 나중에 해드릴 테니, 지금은 사강목을 치료해주십시오."

태무선의 부탁에도 뇌우명은 쉽사리 손을 쓸 수 없었다.

지금의 사강목은 죽지 않은 것이 기적이나 다름없는 상태였다.

이를 치료하거나 살려낸다는 것은 시체를 다시 되살리라는 말이나 진배없었으니, 뇌우명은 침통을 꺼내면서도 아랫입술을 잘근 깨물었다.

'자신이 없다.'

침을 손에 쥔 뇌우명은 처음으로 침을 가져다대는 것이 두려웠다.

살릴 수 없는 사람을 살려야 한다는 것.

그리고 그 사람이 자신에게 매우 소중한 사람이라는 것이 뇌우명을 두렵게 했다.

"살릴 수 있겠습니까."

태무선의 물음에 뇌우명은 아무 대답도 하지 못했다.

그저 침을 든 채로 사강목의 앞에서 서성일 뿐이었다.

'어디에 꽂아야 하는 건지 모르겠다… 모르겠어.'

침을 꽂는다 하여, 천하의 명약을 지어준다고 하여 사강목을 살릴 방도는 없어보였다.

뇌우명이 치료를 하지 못하고 망설이자 태무선이 사강목을 내려다보며 잠시 닫아두었던 입을 열어 말했다.

"소면."

"으…웅?"

"소면을 만들어주십시오. 그것이 사강목의 소원이었습니다."

소면이라.

멍하니 태무선을 바라보던 뇌우명의 눈가에 눈물이 고였다.

그는 별다른 말없이 침을 내려놓으며 어딘가로 사라졌다.

"뇌노야께서는?"

뒤늦게 나타난 마중혁은 사강목을 치료해야 할 뇌우명의 모습이 보이지 않자 당황한 듯 물었고, 태무선은 대답 대신 사강목의 가슴에 손을 올렸다.

심장이 불규칙하게 뛰었다.

숨소리는 거칠었다.

맥박은 약했다.

언제 숨을 거두어도 이상하지 않을 상황 속에서 태무선은 아주 오랜만에 참담한 무력감을 느꼈다.

'할 수 있는 게 없다는 건… 이렇게 기분 더러운 일이야.'

할 수 있는 게 없다는 건 매우 기분 더러운 일이었다.

죽어가는 사강목을 눈앞에 두고도 태무선은 할 수 있는 게 아무것도 없었다.

그저, 그가 조금만 더 버텨주길 바라는 수밖에 없었다.

얼마 지나지 않아 뇌우명은 퉁퉁 부은 눈두덩을 한 채로 소면이 담긴 그릇을 들고 나타났다.

그는 소면을 사강목의 곁에 내려놓았다.

"이놈아 네가 먹고 싶다던 소면이다. 내 특별히… 신경 써서 만든 소면이니 맛은 기가 막힐 게다."

뇌우명이 사강목을 향해 소면을 들이밀었지만, 사강목은 꿈쩍도 하지 않았다.

그제야 뇌우명은 소면이 담긴 그릇을 내려놓으며 참담한 목소리로 물었다.

"언제… 갔느냐."

"방금 갔습니다."

"내가 너무… 늦었구나."

"제가 늦었습니다."

뇌우명은 사강목이 누워 있는 침대 앞에서 무너졌다.

태무선은 미약한 숨조차 내쉬지 못한 채 미동도 없이 누워 있는 사강목을 내려다보았다.

흑도마수라 불리며 마교를 홀로 지켜오던 사강목이란 거

목이 눈을 감았다.

그의 최후는 그가 살아온 삶과는 다르게 고요했다.

그날 그 방은 사강목의 죽음만큼이나 고요했다.

*   *   *

"끄으흑!"

열다섯 명의 무인들을 흡기하고 나서야 기운을 되찾은 구황경은 참을 수 없는 분노와 허기짐에 고통스러워했다.

벌써 이틀째 내공을 퍼부으며 주변을 초토화 시킨 후 또 다시 무인들을 불러들여 흡기하기를 반복했다.

"부족해! 부족하다고… 그놈… 태무선이 필요해."

구황경은 참을 수 없는 허기짐에 몸이 견딜 수가 없었다.

아무리 흡기를 해도 채워지지 않는 공허함.

구황경이 바라는 것은 오직 태무선의 강대한 기(氣)였다.

잠시 흡기하는 것만으로도 온몸이 터질 것만 같았던 엄청난 기운.

흉포한 용을 삼킨 듯한 엄청난 기운을 자신이 먹어치울 수만 있다면, 그는 자신이 검신을 뛰어넘는 천하제일인이 될 거라 믿어 의심치 않았다.

"이러다가 사악교에 무인이 남아나질 않을 것 같네요."

신녀가 사뿐한 발걸음으로 구황경에게 흡기당해 죽어 있

는 무인들을 넘어 구황경에게 다가왔다.

"왜 그를 보내주었습니까?"

구황경은 신녀를 노려보며 물었고, 신녀는 고개를 갸웃거리며 피식 웃었다.

"그는 그럴 만한 가치가 있었거든요."

"하… 만약 태무선을 사로잡았다면, 그 녀석을 내가 흡수했다면 난 천하제일인이 될 수 있었습니다. 신녀께서 그 녀석을 보내주지 않았다면 말입니다."

"흐음. 아직도 모르시는 모양이군요."

"모르다니?"

"태무선이란 사내는 당신이 상상하는 것 이상으로 대단한 사내예요. 당신이 먹어치워야 할 만큼 별것 아닌 사람이 아니라는 거죠."

비현은 웃고 있었지만, 그녀의 말속에서는 뼈가 느껴졌다.

이를 눈치챈 구황경은 그림자가 드리워진 얼굴로 비현을 노려보았다.

"무슨 꿍꿍이를 가지고 계신 겁니까."

"글쎄요. 제가 무슨 꿍꿍이를 갖고 있을까요?"

"말장난 할 생각은 없습니다. 당장 말하는 게 좋을 겁니다."

몸을 일으킨 구황경이 어느새 신녀의 앞으로 다가왔다.

비록, 태무선에게 무참히 깨졌어도. 구황경은 구황경이었다.

엄청난 압박감이 비현을 짓눌렀다.

다른 이였다면 고개를 처박으며 고통스러워해야 할 압박감에도 비현은 빙긋 웃었다.

"다른 꿍꿍이라… 다른 꿍꿍이는 없습니다. 모든 건 제 계획대로 잘 흘러가고 있어요."

"내가 네게 무력을 쓰기 전에 말하는 게 좋을 게다."

"참 우습죠. 이 모습을 하고 있으면."

비현이 손가락을 들어 내리찍자 구황경이 두 무릎을 꿇으며 주저앉았다.

"큭!"

형용할 수 없는 엄청난 압박감.

태산을 넘어 세상 전체가 구황경을 내려찍고 있는 듯한 거대한 압력이 느껴졌다.

뼈가 조각나다 못해 가루가 되는 듯한 느껴본 적 없는 압박감.

'이런 압박감은… 검신에게조차 느껴본 적 없다!'

천하의 검신조차 자신에게 이 정도의 압박감은 준 적이 없었다.

"네 년이 지금까지… 힘을 숨기고 있었나."

"힘을 숨기고 있었다뇨. 전 한 번도 힘을 숨긴 적이 없었어요."

살며시 구황경의 앞으로 다가간 비현이 그의 머리에 손을 얹었다.

"이건 전부 당신의 힘인걸요?"

"뭐?"

"다시 말하자면 제가 강해진 게 아니라. 당신이 약해진 거예요."

말도 안 돼.

구황경은 이해할 수가 없었다.

비현이 강한 것이 아니라 자신이 약해진 거라고?

믿을 수 없는 상황에 구황경은 자신의 내공을 끌어올리려 했다.

하지만 그의 텅 빈 단전 속에서는 한줄기의 내공도 느껴볼 수 없었다.

밑 빠진 독처럼 그의 모든 내공이 빠져나간 것이다.

"내게 무슨 짓을 한 거냐!"

"당신이 여태까지 했던 짓."

"그럴 리가……."

있을 수 없는 일이었다.

자신에게 흡성대법서를 건네줬던 어린 소녀가 흡성대법을 익히고 있었다니.

구황경이 멍하니 자신을 바라보자 비현이 피식 웃으며 자세를 낮췄다.

"불쌍한 구황경. 지금까지 이 모든 이야기의 주인공이 자신이라 믿고 있었을 텐데."

"내게 무슨 짓을 저지르고 있는 게냐. 날… 날 어떻게 하려는 거지!"

"미안하지만 구황경. 난 이제 당신에게 아무 관심도 없어요. 당신은 더 이상 이 이야기의 주인공이 아니에요. 아니… 애초에 주인공이었던 적이 없죠. 당신은 내 장기말이었을 뿐이니까."

바드득─!

구황경이 이를 바득 갈면서 비현을 죽일 듯이 노려보았다.

그러나 구황경도 쉽게 당하고 있을 사내가 아니었다.

쿠구궁─!!

한쪽 벽이 박살나며 거대한 대검을 지닌 남자가 모습을 드러냈다.

"흐음?"

대검을 가진 사내의 등장에 구황경이 회심의 미소를 지었다.

"미안하지만, 나는 네년을 단 한 번도 믿어본 적이 없다. 애초에 난 그 누구도 믿은 적이 없어."

비현의 압박감으로부터 벗어난 구황경이 비틀거리며 자리에서 일어섰다. 그러자 비현이 뒤로 두 걸음 물러섰다.

"내가 이런 상황에 아무런 대비도 안 했을 거라 생각하느냐."

방금까지만 해도 절망에 가득 찼던 구황경의 얼굴에 여유와 미소가 가득했다.

"사악교의 고수들과 비림은 모두 네가 데려온 자들… 나는 네가 데려온 자들을 믿지 않는다."

"그래서 맹우를 죽이셨죠. 비림의 살수들은 계속해서 사

134

지로 내몰아 죽이셨고요."

"그럴 수밖에. 내가 가장 믿지 않는 계집이 비림의 우두머리였으니까."

"어머. 그것도 알아내셨나요?"

"미안하지만, 타고난 천성이 이렇다보니 끊임없이 주변인을 의심해야 했거든. 나는 사악교의 교주가 된 이래로 단 한 번도 비림의 림주를 만난 적이 없었다."

싸늘하게 식은 구황경의 눈동자가 비현을 똑바로 응시했다.

"그런데 알고 보니 언제나 내 곁에 있더군."

"홋……."

비현이 손뼉을 쳐주었다.

"칭찬해드릴게요. 당신은 내가 만난 사람들 중 가장 날 믿지 않는 자였죠. 끊임없이 의심하고, 내가 다가가길 거부하셨죠."

"그래야 했으니까."

"삼존 중에서도 가장 비밀스러운 남자. 대검천 담천우."

담천우는 자신의 대검을 어깨에 짊어진 채로 구황경의 뒤에 섰다.

어느새 나타난 비림의 살수들은 비현의 곁에 섰고, 그중에는 백은섭과 암존도 함께였다.

"담천우가 당신이 내게 맞설 최후의 안배였나요?"

"그래. 계집아… 네 목적은 무엇이냐. 아직 무림맹은 무너지지 않았고, 마교 또한 건재하다. 그럼에도 정체를 드러낸 이유가 있겠지.”

“무림맹이 무너지지 않았고, 마교가 건재하다라… 정말
로 그렇게 생각해요?”

“내가 모르는 게 또 있나?”

“그럼요.”

비현은 발소리조차 거의 느껴지지 않는 가볍고 사뿐한
발걸음으로 구황경을 향해 다가섰고, 그녀가 가까워질수
록 담천우의 몸에서 느껴지는 기운도 커져갔다.

“구황경. 당신은 생각보다 모르는 게 많아요.”

“너도 모든 것을 아는 건 아니지.”

“맞아요. 하지만 분명한 것은… 담천우 저 사람은 제가
잘 아는 사람이에요!”

비현이 꺄르르 웃으며 말하자 구황경의 눈이 커졌다.

그와 동시에 담천우의 거대한 대검이 움직이고, 구황경
의 두 다리가 잘려나갔다.

“크학!”

다리가 잘린 구황경이 두 손으로 바닥을 짚었다.

혼란스러웠다.

유일하게 믿었던 담천우가 자신을 배신할 줄이야. 도대
체 언제부터? 언제부터 담천우가 그녀의 사람이 된 것인
가.

다리가 잘린 구황경이 이를 악물며 고통을 인내하며 비
현을 노려봤다.

"도대체 언제부터냐……."

"당신이 담천우를 우연찮게 만났다고 생각하시나요? 무림의 오강 중 한 명이었던 담천우가 우연히 당신의 앞을 지나갔고, 당신이 우연히 담천우를 알아봤다고요?"

얼마나 재미있는지 비현은 어깨를 들썩이며 웃었다.

"이 모든 게 우연이라 생각했던 거예요?"

"그럴 리가 없다. 나는 단 한 번도 내 동선을 얘기해준 적이 없으며, 그 누구도 나를 따르지 않았다."

"그럴 리가요. 나는 담천우를 당신에게 소개해주었고, 당신은 기억하지 못하는 거죠."

기억을 못한다?

비록 무공을 펼칠 수 없는 나약한 신체를 가지고 태어났으나, 머리 하나만큼은 누구에게도 뒤지지 않을 만큼 뛰어났다.

당연히 구황경의 기억력은 타의 추종을 불허할 정도였다.

하지만 그의 기억 속에서는 비현이 말하는 그런 일이란 존재하지 않았다.

그때, 어떤 한 가설이 구황경의 머릿속을 스쳐지나갔다.

"언제부터냐."

"뭐가요?"

"언제부터 내 머릿속에 들어온 거지?"

"당신이 기억하지 못하는 아주 어릴 적에."

"나는 널 만난 적이 없었다."

"아뇨. 저희는 아주 오래전에 만났어요. 단지 그때의 저는 이 모습이 아니었을 뿐이죠."

두 다리를 잃고 두 팔로 간신히 몸을 지탱하고 있는 구황경에게 안쓰러운 얼굴로 다가간 비현이 손을 뻗어 구황경의 뺨을 조심스럽게 쓰다듬어주었다.

그녀의 손길은 매우 따뜻했다.

"이런 오늘도 고생 많으셨어요. 제가 갈아입을 옷을 가져다드릴게요."

이 목소리. 이 손짓. 이 숨결.

구황경의 눈이 점점 커져갔다. 모습은 다르지만 그녀의 말과 목소리, 행동은 분명히 같았다.

과거, 자신이 구황천에게 밀려나 비참한 꼴을 당했을 때 자신이 유일하게 기댈 수 있던 보모.

그녀는 분명히 포근한 인상과 외모를 가진 평범한 중년의 여인이었다.

"그때부터… 내 곁에 머물렀던 것이냐."

"당신뿐만이 아니죠."

"구황기… 내 아비도 그때부터……."

구황경은 온몸에 소름이 끼쳤다. 비현이라는 여인은 아주 오래전부터 자신과 구황기의 곁에 머물렀다.

그동안 수도 없이 비현의 접근을 막고 그녀를 경계했다. 비현이란 여인의 무서움을 이미 알고 있었기 때문이었다.

사람을 사로잡아 자신의 노예로 만들어버리는 그녀의 매혹술과 현혹술은 매우 위험했으니. 사악교의 교주로 군림하면서도 끊임없이 의심하고 자신의 힘을 기르려했다.

하지만 이 모든 게 의미가 없어졌다.

"왜지?"

구황경은 문득 궁금해졌다. 애초에 이럴 거라면 왜 자신을 사악교의 교주로 내세운 건가.

"왜 나를 선택한 거냐. 왜 하필 나를……."

"생각보다 기억력이 나쁘시네요. 다시 말씀드리자면 저는 단 한 번도 당신을 선택한 적이 없어요. 말했잖아요. 나의 검은 당신이 아니에요. 당신은 그저… 나의 작은 장기말 중 하나일 뿐이죠."

"무림맹을 무너뜨리기 위해서 나를 선택한 게 아니었나?"

"당신은 수단이죠. 제겐 가장 큰 걸림돌이었던 검신을 억제할 수 있는. 제 진짜 검은 따로 있답니다."

검지손가락을 들며 꽃과 같이 화사하게 웃는 비현의 얼굴을 보며 구황경은 생각에 잠겼다.

그러나 구황경의 고민은 오래가지 않았다.

그의 얼굴엔 곧 경악이 어렸다.

＊　＊　＊

"준비는 다 되었느냐."

"예 되었습니다."

상의를 탈의한 구황천이 가부좌를 틀고 앉자 그의 뒤편에 구황목이 앉았다.

　잠시 심호흡을 한 후 구황목은 구황천에게 운기조식을 하라 일렀고, 구황천은 그동안 수천 번은 했을 운기조식을 시작했다. 단전을 빠져나온 내력이 혈도를 타고 움직이며 구황천의 온몸을 순환했다.

　머리가 삐죽 솟아나고 구황천의 온몸에서 강대한 기운이 느껴지자 구황목이 자신의 두 손을 뻗어 구황목의 등에 손을 가져다댔다.

　"절대 아무런 소리도 내선 안 될 것이야. 입을 벌려서도 눈을 떠서도 안 된다!"

　구황목의 경고에 구황천은 입을 다물고 눈을 질끈 감았다.

　곧이어 구황목의 손길을 타고 거대한 기운이 해일처럼 몰아쳤다. 등을 타고 혈도를 타고 흘러들어오는 엄청난 기운에 구황천은 하마터면 비명을 지를 뻔했다.

　'등이 타들어가는 것 같다.'

　마치 온 몸이 타들어가는 것 같은 고통. 그럼에도 구황천은 이를 악물고 미약한 신음소리조차 흘리지 않았다.

　이대로 입을 벌렸다간 구황목의 기운이 빠져나가며 온몸이 터져버릴지도 몰랐기 때문이었다. 머리가 으깨지는 고통 속에서도 구황천은 입을 다물고 정신을 집중했다.

　쿠구구궁―!!

지축이 울리며 구황천은 구황목의 기운을 받아들이기 위해 안간힘을 썼다.

머리가 하얗게 질려감에도 운기조식을 멈추지 않았다.

이미 수천 번은 했을 운기조식이었다. 머리는 비었어도 몸이 기억했고, 본능이 이를 이끌었다.

구황목의 내공전수는 한나절을 넘겼다.

그 사이 구황천의 머리카락은 하얗게 새어버렸고, 그의 몸에서 백색의 기운이 아지랑이처럼 피어올랐다.

둘의 침묵이 얼마나 이어졌을까.

억겁의 시간이 흐른 듯 시간의 개념조차 잊은 구황천의 등에서 구황목의 손이 떨어졌다.

"후우우……."

깊은 숨을 내쉰 구황목이 구황천의 어깨를 살짝 두드려주었다.

"고생했다."

정신을 차린 구황천은 단전에서 꿈틀거리는 강렬한 기운에 입술을 깨물었다. 천하제일인이라 불리던 구황목의 내공을 전수받았다. 이런 기운이라면 못 할 것이 없을 것 같았다. 아니, 못 할 것이 없으리라.

"역시 대단하군요. 할아버님의 기운은 이 세상 그 누구도 따라갈 수 없을 겁니다."

"중요한 것은 이 기운을 네 것으로 만드는 것이다. 일시적으로 받아낸 내 기운을 아직 네가 다루기엔 역부족일 것이다. 준비가 되었을 때……."

"아뇨 걱정하실 필요는 없습니다. 전 이 순간을 매일 준비해왔습니다."

말을 마친 구황천이 등을 돌려 구황목을 마주했다.

"당신이 내게 자신의 모든 것을 내어주는 순간을."

"천아……."

"그동안 수고 많으셨습니다. 할아버님."

푹—!

구황천의 손이 구황목의 복부를 관통했다.

원래라면 구황천의 공격을 막지 못할 구황목이 아니었다. 오히려 그의 공격을 가볍게 막아내고 단숨에 제압할 수 있었을 것이다.

하지만, 지금의 구황목은 내공의 대부분을 상실한 상태. 구황천의 비수(匕手)를 막아내기엔 역부족이었다.

"큭!"

복부를 꿰뚫린 구황목이 떨리는 손길로 구황천의 손목을 움켜쥐었다. 그는 이해할 수 없었다. 자신이 애지중지하며 키워온 자신의 손자이자 제자인 구황천이 왜 자신을 공격한 걸까.

"왜 이런 짓을 하는 것이냐."

"글쎄요. 오랫동안 미뤄왔던 일들을 이제야 하는 것뿐입니다."

"오랫동안… 미뤄왔던 일?"

구황목은 구황천의 눈빛이 변했음을 깨달았다.

그 눈은 원래의 구황천이 아니었다.

마치 뭔가에 사로잡힌 듯 잿빛으로 빛을 내는 구황천의 시선엔 희열이 가득했다.

부스럭—!

그때 수풀에서 한 남자가 모습을 드러냈다.

그는 구황목의 내공전수가 끝이 나면 그를 보필하기 위해 나타난 외팔의 검사, 혁우운이었다.

"맹주…님?"

구황천의 손이 구황목의 복부를 꿰뚫고 있는 것을 확인한 혁우운의 눈이 더할 나위 없이 커졌다.

믿을 수 없는 상황이었지만, 혁우운의 판단은 빨랐다.

그는 왼손으로 검을 뽑아들고 단박에 구황천을 향해 달려들었다.

그러나 구황목의 내공을 전수받은 구황천에게 외팔의 혁우운은 상대가 되질 않았다.

쾅—!

구황천이 가볍게 내지른 주먹에서 권기가 빗살처럼 쏘아져나갔고, 이를 막아낸 혁우운의 신형이 달려드는 속도보다 빠르게 밀려나갔다.

지이잉!

혁우운의 검은 고통스러운 신음을 흘리며 부르르 떨렸고, 이를 움켜쥔 혁우운은 구황천의 기운이 자신이 상대할 수준이 아님을 깨달았다.

"이게 무슨 짓이냐 구황천!"

혁우운의 외침에 구황천이 구황목에게서 손을 뽑아내며

말했다.

"뭘 하긴 대를 이어가는 거다. 혁우운."

"대를 잇는다고!?"

"그래. 검신의 시대는 오늘로써 끝이다. 이제는 나의 시대이니… 아주 오랫동안 기다려온 나의 시대다."

"미친놈!"

내공을 끌어올린 혁우운의 검에서 검강이 치솟았다.

누가 뭐래도 무림오강 중 한 명인 혁우운이 검강은 매우 날카롭게 매서운 기세를 내뿜었고, 이를 무료하게 지켜보던 구황천은 어깨를 으쓱였다.

"이왕이면 새로 얻은 힘을 시험해보고 싶다만, 내겐 너 따위보다 중요한 일들이 남아 있어서…….."

구황천이 손을 들어올리자 수풀 사이사이로 맹의 무인들이 모습을 드러냈다.

그들 모두가 혁우운이 아는 얼굴들이었다. 바로 자신이 이끌던 맹주의 호위대, 천기단의 단원들이었다.

"혁우운은 내게 내공을 전수해주던 할아버님을 살해하려던 중죄인! 당장 그를 잡아들여라!"

"존명!"

천기단의 무인들이 일제히 혁우운을 향해 달려들었다.

'함정!'

도대체 어디까지 내다본 것일까.

혁우운은 바닥에 주저앉은 채 피를 흘리고 있는 구황목을 안타깝게 바라보다가 등을 돌렸다.

여기서 천기단에 붙잡혀 누명을 뒤집어쓰게 된다면 구황천의 실체를 밝힐 수 없었다. 할 수 없이 무거운 발걸음을 놀려 혁우운이 모습을 감췄다.

"이제 어떻게 할까요?"

새로이 천기단의 단주가 된 구휼이 다가와 묻자 구황천이 구황목을 향해 몸을 낮췄다.

"정신이 드십니까."

"천아……."

"걱정 마십시오. 할아버님은 언제까지나 무림맹의 안위를 위해 힘써온 검신으로서 눈을 감을 테니. 그때까지 제 곁에서 지켜보십시오. 제가 만들어가는 새로운 무림맹을."

구황천의 손이 구황목의 가슴에 격중했다.

단숨에 스며드는 구황천의 강렬한 내기에 구황목의 혈도가 뒤틀리고 그 안에서 내공이 역류하기 시작했다.

주화입마가 시작된 것이다. 구황목은 역류하는 내공에 의해 온몸이 붉게 변해갔고, 곧이어 구황목이 의식을 잃은 채 쓰러지자 구황천이 손을 뗐다.

"조심히 모시거라. 무림의 영웅이셨던 분이다."

"명을 받들겠습니다."

천기단의 무인들이 구황목을 조심스럽게 옮기기 시작하자 구황천은 온몸에서 느껴지는 구황목의 기운에 감탄하며 미소를 지었다.

"참으로 오래 걸렸어."

구황천은 자신의 머리 위로 날아다니는 하얀 제비를 올려다보며 말했다.

"이제 시작이야."

* * *

무림맹에선 한바탕 난리가 났다.

전 천기단의 단주였던 혁우운이 구황목을 살해할 목적으로 그를 공격했다. 이유는 불명.

의식을 잃고 주화입마에 빠진 구황목이 급히 의전으로 옮겨졌으나 그의 상태는 매우 위중했다.

맹의 무인들은 죄인이 된 혁우운을 쫓아갔지만, 그는 이미 무림맹을 빠져나간 이후였다.

"이게 도대체 무슨 일이란 말이오!?"

"검신이 공격을 당하다니……."

"허허 내공전수를 하고 있던 때를 노리다니! 간악하기 그지없는……!"

맹의 장로들은 분노하며 혁우운을 욕보였다.

그도 그럴 것이 검신은 무림맹의 유일한 희망이나 다름없었다. 지금까지 무림맹이 사악교로부터 안전했던 이유도 그곳에 검신이 있기 때문이 아닌가. 장로들의 얼굴에 수심이 드리워질 무렵 구황천이 모습을 드러냈다.

그는 장로들의 앞에 나서서 말했다.

"불행 중 다행으로 모든 내공전수가 끝난 후 혁우운이 일을 저질렀습니다. 덕분에."

구황천은 자신의 가슴에 손을 얹으며 말했다.

"할아버님의 의지는 제게 이어졌습니다. 우리 무림맹은 무너지지 않았고, 나아갈 것입니다."

자신의 천명검을 들어올린 구황천에게서 강대한 기운이 솟구쳤다. 검신에 못지않은.

엄청난 그의 존재감이 좌중을 압도하자 맹의 무인들은 환호했다. 검신의 의지를 이어받은 그들의 맹주가 돌아온 것이다.

"우린 지금까지 사악교에 의해 많은 고통을 받았습니다. 하지만 이젠 무림맹의 힘을 보여줄 때가 되었습니다."

"와아아—!"

"웅크리고 눈치를 보던 때는 지났습니다."

"와아—!"

"이젠 다른 이의 힘이 아닌 무림맹의 힘으로 잃어버린 모든 것을 되찾을 때입니다!"

구황천의 외침은 큰 감흥을 일으켰고, 무인들은 환호했다. 자신들이 잃어버린 모든 것을 되찾을 거라 믿으며.

한편, 이 모습을 흥미롭게 지켜보던 이가 있었으니 그는 바로 황교각이었다.

"그간 무림맹을 위해서만 검을 들어온 혁우운이 구황목을 배신했다라……."

사실 황교각으로서는 이해할 수 없는 일이었다.

혁우운의 충심을 누구보다 잘 알고 있었고, 애초에 그가 구황목을 노린 것이 이해가 되질 않았다.

하지만 황교각은 의심을 드러내지 않았다. 늘 그렇듯 음지에 숨어 구황천을 고요히 바라볼 뿐이었다.

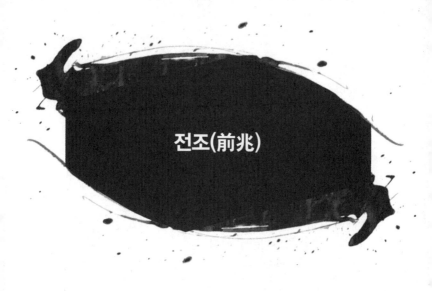

전조(前兆)

　장례는 간소하게 진행되었다.

　높게 쌓아올린 나무위로 사강목은 화장을 했다.

　원래라면 십만대산에 묻어주는 것이 맞았으나, 화장을 선택한 이유는 사강목 본인이 원했기 때문이었다.

　자신이 죽는 날.

　재가 되어 세상을 돌아다니는 것이 사강목의 마지막 소원이었다.

　화장이 끝날 때까지 일행은 모두 침묵을 지켰다.

　"자책하지 마십시오."

장례가 끝나고 홀로 남겨진 태무선의 곁으로 은섬이 다가왔다. 그녀는 태무선의 곁에 조용히 앉았다.

"사장로를 죽게 만든 것은 주군이 아니라 그들입니다. 그러니, 자책하지 마십시오."

"내가 조금 더 빨랐다면 막을 수 있었을지도 모르지."

"애초에 사장로를 사악교의 본거지에서 꺼내온다는 것은 불가능한 일이었습니다. 그럼에도 주군께서는 지하감옥에서 쓸쓸히 죽어갔을 사장로를 데려오셨습니다."

은섬은 마음 한켠이 아려왔다.

그녀에게 사강목의 죽음 따위야 중요한 것이 아니었다.

은섬에게 중요한 것은 태무선이었다.

"주군은 최선을 다하셨습니다."

"아닐지도 모르지."

자리에서 일어선 태무선은 주먹을 말아 쥐었다.

투령무일체의 10성.

조금만 더 빠르게 도달했다면, 사강목을 죽게 만들지 않았을 것이다.

애초에 사악교를 무너뜨렸어야 했다.

자신이 소중하다고 느끼는 사람들을 지키기 위해서는 그들을 겨냥한 칼날을 부러뜨려야 한다.

이를 태무선은 너무 늦게 깨달았다.

"강해져야겠어."

이 정도로 강해져야겠다는 열의를 느낀 적은 없었다.

하지만 지금은 달랐다.

강해져야 한다.

태무선은 그 어느 때보다 강해지고 싶었다. 사악교를 박살내고 싶었고, 사강목을 죽게 만든 장본인들을 모조리 지워버리고 싶었다.

"주군은 강해질 수 있으실 겁니다."

은섬은 언제나 태무선의 곁에 서서 그에게 힘이 되어 주었다.

"교주님."

그때 장호련이 태무선을 찾아왔다. 그녀의 얼굴에는 당혹감과 복잡한 생각들이 교차하는 듯했다.

"응."

"잠시 와보셔야 할 것 같아요. 꽤… 곤란한 상황이 벌어진 것 같으니까요."

* * *

"검신이 주화입마에 빠졌다고?"

"네. 들려오는 소식에 의하면 전 천기단주였던 혁우운이 현 맹주인 구황천에게 내공전수를 하던 구황목을 습격했다고 해요. 목숨은 건졌지만, 내공전수를 끝내고 유약해진 구황목은 갑작스러운 습격에… 주화입마에 빠졌고, 혁우운은 도망쳤어요."

습격과 도주.

전혀 예상하지 못한 일이 벌어졌다.

무림맹의 안위를 위해 누구보다 열심히 싸워온 혁우운이 검신을 습격하여 그를 암살하려했다.

다행히 혁우운의 암살시도는 무위로 돌아갔지만, 이 때문에 검신은 주화입마에 빠졌다.

참으로 웃긴 일이 아닐 수 없었다.

무림맹을 지키는 최후의 검이었던 혁우운이 되려 무림맹의 희망을 해하려 하다니.

"지금도 혁우운의 뒤를 쫓고는 있지만, 아무래도 맹을 빠져나간 모양이에요."

"혁우운은 무림오강 중 한 명이었으니, 웬만한 무인들로는 잡을 수 없었을 겁니다."

마중혁은 혁우운의 강함을 어느 정도 알고 있는 자로서 평범한 무인들은 혁우운을 잡을 수 없음을 잘 알고 있었다.

"그래도 구황목의 내공을 전수받은 구황천이 무림맹을 이끌고 본격적으로 움직이기 시작했어요. 웅크리고 있던 정파의 연합체가 움직이기 시작한 거죠."

"그럼 잘된 거 아닌가? 어차피 공동의 적은 사악교가 아닌가?"

"그랬으면 좋겠는데 그게 아닐 거예요."

다소 딱딱해진 장호련의 얼굴에 마중혁의 의아한 표정을 지었다.

"그게 무슨 말이오? 그게 아니라니?"

"물론, 무림맹의 목표에는 사악교가 있을 거예요. 그런데 무림맹의 움직임이 심상치 않아요."

"심상치 않다니요?"

"그들은 모든 사파무인들을 적으로 규정한다고 선포했어요."

"그거야 원래도 그랬잖소?"

"말했잖아요. 모든이라고……."

잠시 장호련의 말을 곱씹어보던 마중혁의 얼굴이 똥 씹은 것마냥 변해갔다.

장호련의 말에 담긴 뜻이 무엇인지 뒤늦게 깨달은 것이다.

"설마……."

"그런 일이 없길 바라야겠지만, 아무래도 무림맹은 사악교를 포함해 모든 사파소속의 무인들을 쓸어버릴 생각인 것 같아요. 게다가 검신이 쓰러졌다는 소식을 들은 정파소속의 문파들이 무림맹에 참전의 의사를 밝혔어요."

"지금껏 숨죽이고 있던 놈들이 갑자기 생각을 바꾸다니."

"아무래도 검신의 힘과 의지를 이어받은 구황천 때문이겠죠. 그가 검신의 힘을 이어받아 새로운 검성이 되었으니."

"젠장. 이래서 정파놈들은 믿어선 안 됩니다. 그놈들은 뒤통수치기를 밥 먹듯이 하는 놈들인데… 빌어먹을 놈들!"

양쪽에서 난리였다.

위에서는 무림맹이 모든 사파무인들을 적으로 규정한 채
남하 중이었고, 아래에서 사악교가 기승을 부려댔다.

상황이 이쯤 흘러가자 모두의 시선이 태무선을 향했다.

사강목이 죽은 이상 이제 모든 결정권은 태무선에게 달
려 있었고, 여기 모인 모든 사람들은 태무선의 선택에 따
를 생각이었다.

"계획은 변함없어."

무림맹이 어떻게 하든 계획은 변함없다.

"우린 사악교를 무너뜨린다."

* * *

"허억! 허억⋯⋯!"

숨을 한 차례 몰아쉬며 넓적한 나무에 몸을 기댄 혁우운
은 한 손으로 얼굴을 쓸어내렸다.

'내가 잘못 본 게 아니라면 그건⋯⋯.'

구황천은 천륜을 저버렸다.

자신의 손으로 검신의 복부를 관통했으며, 간간히 들려
오는 소문에 의하면 검신은 주화입마에 빠졌다고 한다.

대신, 검신의 의지와 힘을 이어받은 구황천이 진정한 무
림맹의 맹주가 되어 모든 사파 무인들을 적으로 규정한 채
빠르게 남하하기 시작했다.

"복부를 꿰뚫리긴 했지만, 주화입마에 빠질 정도의 상처
는 아니었다. 검신께서 갑작스러운 공격으로 주화입마에

빠지실 분이 아니야."

혁우운은 혼란스러웠다.

물론 손자의 배신은 검신에게도 큰 충격일 테지만, 그렇다고 주화입마에 빠진다?

검의 극의를 보았고, 현경의 고수가 이렇게 쉽사리 주화입마에 빠질 리 없었다.

그렇다는 것은…….

"구황천이 주화입마를 불러일으켰다. 아마도 나 때문이겠지."

그날 구황천의 패악질을 목격한 유일한 목격자는 혁우운자신뿐이었다.

그러나 구황천이 한발 더 빠르게 자신에게 누명을 씌웠다.

거기에 천기단도 합세하였으니 혁우운은 자신에게 씌워진 누명을 벗을 길이 없어 곧바로 무림맹에서 벗어나 도망쳤다.

"이젠 어떻게 해야 하지."

방법이 없었다.

누명이 씌워졌으나 이를 밝힐 수 있는 방법이 없었다.

유일한 증인이 되어줄 구황목은 주화입마에 의해 식물인간이 되어 누워있다.

목숨을 바쳐 지키고자 했던 무림맹은 이제 칼날이 되어자신의 목을 겨누고 있었으니, 혁우운은 더 이상 돌아갈곳이 없었다.

나무에 기대어 생각을 이어가던 혁우운은 나무를 쓰다듬
으며 입술을 깨물었다.

곧, 혁우운의 신형이 바람처럼 사라졌다.

그 무렵, 무림맹은 빠르게 남하하며 사악교와 사파에 관
련된 문파들을 박살내기 시작했다.

태무선이 그랬던 것처럼 무림맹은 압도적인 힘으로 사파
문파들을 휩쓸어버렸는데 그 중심부에는 구황천이 있었
다.

"어째 더 강해진 것 같습니다."

"검신의 힘과 의지를 이어받지 않았는가. 이젠 검성이라
불러야 할 테지."

검성(劍聖) 구황천.

검신의 유지를 이어받은 구황천은 천명검을 손에 쥐고
전장의 선두에 나섰다.

그의 검에서 뿜어져 나오는 백색의 검강은 자신의 적들
을 용서하지 않았다.

그야말로 압도적인 힘.

"항복하라. 그러면 목숨만큼은 부지할 수 있을 것이니."

찬란한 빛을 내는 백색의 검을 쥔 구황천에게서 대항할
수 있는 사파 무인들이나 문파들은 존재하지 않았다.

그들은 스스로 고개를 떨구며 항복했고, 구황천은 항복
한 무인들이나 한 문파의 수장들의 머리를 짓밟으며 낮게
읊조렸다.

"기어코 항복을 하지 않겠다는 거냐?"

"예? 하, 항복하겠습니다."

"목숨이 아깝지 않은 모양이군, 어쩔 수 없지."

"자, 잠깐만!"

푸확—!

항복을 자처한 사파무인들의 목이 백색의 검기와 함께 잘려나갔다.

피가 흩뿌려지고, 붉게 변한 대지를 걷기 시작한 구황천의 뒤로 수십 구의 시체가 쌓였다.

"전진한다."

쌓여 있는 시신들을 짓밟으며 무림맹의 무인들이 묵묵히 앞으로 나아갔다.

"으으!"

처참하게 죽어 있는 사파무인들의 시신을 발견한 능소유가 몸서리치며 자신의 옆에 서 있던 오유하의 곁에 바짝 붙었다.

"모, 목이 잘렸어!"

"한두 번 보는 것도 아니면서 왜 이렇게 호들갑이야?"

장용성의 타박에 능소유가 울상을 지었다.

"하지만 이렇게 가까이서… 히익! 이렇게 많이 보는 건 처음이란 말이야!"

"확실히 이건 뭔가 이상한데."

능소유와 오유하의 앞에서 시신들을 넘어가던 제갈원준은 찡그린 얼굴로 시신들을 스쳐보았다.

목이 달아난 시신들의 눈동자에선 생기를 찾아볼 수 없지만, 그들의 눈빛에선 여전한 공포가 느껴졌다.

'끝까지 저항하는 자가 아니었어. 이건 살려 달라 애원하는 듯한 모습이야.'

죽은 시신들의 대부분은 무기를 손에 쥐고 있지 않았다.

두 손을 모으고 있거나 무릎을 꿇은 자세였고, 얼굴에선 공포와 당혹감이 역력했다.

그들은 항복을 원했고, 맞이한 것은 자비가 아니라 죽음이었다.

"전쟁에서 적에게 공포를 느끼게 하는 것은 좋은 전략이지만, 이건 그 이상을 넘어섰어."

제갈원준은 앞서가는 무림맹의 본대를 훑어봤다.

선두에 선자는 검성이라 불리게 된 구황천이었다.

그는 천명검을 휘두르며 사파 무인들을 도륙해나갔다.

그에게선 일말의 자비도 느껴볼 수 없었으니, 이를 지켜보는 맹의 무인들의 눈빛이 복잡해졌다.

"확실히 정상은 아닌데……."

혁우운의 배신이 문제였을까.

아니면, 검신이자 그의 할아버지인 구황목의 주화입마 때문일까.

제갈원준은 답을 찾으려 머리를 굴리면서 무림맹의 본대가 휩쓸고 간 황폐한 전장을 걸었다.

                    *   *   *

  철컹—!

  두꺼운 쇠창살이 잠기며 두 다리를 잃은 구황경은 감옥
에 갇혔다.

  목숨을 건진 것을 고맙게 여겨야 하는 건가. 구황경은 허
탈함에 땅에 얼굴을 처박은 채 웃었다.

  "크흐흐흐."

  당신은 이 이야기의 주인공이 아니에요.

  제 작은 장기말 중 하나일 뿐이죠.

  비현이 내뱉었던 가시 같은 말들이 구황경의 심장을 찔
러왔다.

  "크흐흐… 흐하하핫!"

  몸을 뒤집어 천장을 올려다보았다.

  불빛이 존재하지 않아 어둡기 그지없는 천장은 마치 그
의 미래를 암시하는 듯했다.

  어둡고, 빛 한 점 느껴지지 않는 칠흑의 어둠.

  "개 같은 일이로군."

  그는 한 소녀를 만났을 때를 떠올렸다. 그녀의 이름은 비
현.

  아주 작고 아름다운 소녀였다.

  흡성대법을 얻어낸 구황경은 자신의 손으로 구황기를 쓰
러뜨린 후 힘을 손에 쥐었다.

그 어떤 무인들도 이겨낼 수 있는 전설의 비전서이자 일월신교를 전 중원이 두렵게 만든 장본인.

흡성대법을 손에 쥔 구황경은 구황천과 결탁하여 사악교를 세웠다.

그러던 중 한 소녀를 만났다.

그녀가 바로 비현.

그녀는 사람을 홀리는 재주가 있었다.

누구라도 비현을 만나 잠시 얘기를 나누고 나면 남녀노소 할 것 없이 그녀의 노예가 되었다.

"제 능력이 교주님의 힘이 되어드릴 겁니다."

사람을 매혹시키는 비현의 신묘한 힘은 두려우면서도 실로 유익했다.

흡성대법의 제물이 되어줄 무인들이 비현의 매력에 이끌려 제 발로 호랑이 굴이나 다름없는 사악교를 찾아왔기 때문이었다.

덕분에 구황경은 흡성대법을 이용해 마음껏 폭식했다.

강함에 대한 열망이 강력했던 구황경은 비현이 데려오는 고수들을 이용해 자신을 살찌웠다.

그러나 지금의 구황경에 남겨진 것은 빈껍데기만 남아 두 다리를 잃은 몸뚱이뿐이었다.

"크흐흐흐!"

"웃고 있는 것을 보아하니 네놈도 그 아이에게 당한 모양이구나."

미친놈처럼 고개를 바닥에 처박고 웃고 있던 구황경이

고개를 들었다.

그곳엔 아주 오랫동안 지하감옥에 갇혀있던 한 남자가 보였다.

"오랜만입니다. 아버지."

"결국 네놈도 이용당하다 이런 꼴이 되어버렸구나. 너는 다를 거라 믿었다."

없는 두 다리로 어기적어기적 몸을 일으킨 구황경은 벽이 기댄 채 자신의 아버지인 구황기를 바라봤다.

퀭한 얼굴.

희망이란 찾아볼 수 없이 수척해진 얼굴과 눈동자에선 생기를 찾을 수 없었다.

"그 계집은 도대체 누구입니까."

"일월신교의 유일한 생존자."

"일월신교? 하지만… 그건 수십 년도 더 지난 과거의 일입니다."

"그래 그 아이가 지금껏 살아 있을 수 있던 이유가 무엇이겠느냐."

"흡성대법."

"네가 익힌 흡성대법의 아류와는 비교도 할 수 없는 진짜 흡성대법. 그 아이가 익힌 것이 바로 진짜 흡성대법이다. 단순히 남의 기운을 흡기하여 일시적으로 내공을 증진시키는 것이 아니라, 그 사람의 정기를 빨아들이지."

"그랬던 건가."

과거의 비현은 중년인의 모습으로 자신과 구황천의 앞에 나타났다.

　그녀는 이름 없는 보모였으며, 푸근한 모습을 한 채로 언제나 구황경을 보살펴주었다.

　그런데 그 중년여인이 비현이었을 줄이야.

　"놀랐느냐."

　"그 계집의 목적이 무엇입니까. 단순히 무림맹을 파멸시키기 위함인 겁니까."

　"무림맹의 파멸이라… 그 아이는 무림맹의 파멸만을 원하는 게 아니야."

　"그렇다면 무엇을 위해 이런 짓을 벌이는 겁니까."

　구황기는 텅 빈 허공을 초점 없는 눈으로 바라보며 속삭이듯 읊조렸다.

　"그저 모두가 죽길 바라는 거지."

　"모든 인간을 죽이려 한단 말입니까."

　"그래. 비현이 가장 싫어하는 게 무엇인지 알고 있느냐."

　고개를 젓는 구황경을 향해 구황기가 마른 웃음을 지으며 말했다.

　"인간이다."

　"그것도 무공을 배운 인간."

* 　* 　*

"구황천이 거사를 치렀습니다. 듣자하니 구황목은 주화입마에 빠져 식물인간이 되었고, 이에 혁우운이 범인으로 몰려 도주했다고 합니다."

백은섭이 물어다 준 소식을 전해들은 비현이 찻잔을 기울이며 미소 지었다.

"잘됐네요."

"이제는 검성으로 불리는 구황목이 남하하며 사파에 소속된 무인들과 문파들을 도륙한다고 합니다."

"훌륭해요!"

천진난만한 웃음과 함께 박수를 쳐준 비현은 밝게 떠오른 초승달을 올려다보았다.

어두운 밤하늘에 별들과 함께 떠오른 초승달.

'이제 머지않았습니다.'

수십 년이란 세월을 내달려 마주한 이야기의 끝자락.

비현은 복수라는 이름의 이야기의 종장(終章)이 가까워지자 언제나 입가에 머금고 있던 미소를 지웠다.

대신, 처음 보는 슬픈 얼굴로 하늘을 올려다보았다.

"싸움을 준비하세요. 구황천이 준비한 무대에 사악교가 빠질 순 없죠."

"알겠습니다."

"백은섭."

자신을 부르는 비현의 부름에 백은섭이 멈춰 서서 비현을 마주봤다.

"고마워요. 언제나 제 곁에 있어줘서."

"아닙니다. 그게 제 존재의 이유이지 않습니까."

자리에서 일어난 비현은 사뿐한 걸음으로 백은섭에게 다가가 그의 목을 가볍게 안아주었다.

"이제 얼마 남지 않았답니다. 그러니 마지막까지 잘 부탁드릴게요."

자신의 목을 감싸오는 따스하고 부드러운 비현의 손길에 백은섭은 눈을 감은 채 고개를 수그렸다.

"존명."

* * *

"도대체 어떻게 돌아가는지 모르겠네!"

무신각으로 돌아온 장호련은 밀려드는 정보들에 골머리가 아플 지경이었다.

남하하는 무림맹은 봉문을 하지 않은 문파든 봉문을 했던 문파든 가리지 않고 무인들을 긁어모았다.

지금은 불문율이나 규율 따위를 신경 쓸 때가 아니며 지금이야말로 사악교를 몰아내 중원의 평화를 가져올 때라는 구황천의 부탁을 가장한 명령 때문이었다.

그런데 더 큰 문제는 사악교가 움직이기 시작한 것이다.

"사악교도 전력을 다하기 시작했고, 무림맹도 물러서지 않는 것 같은데."

세 번째 정사대전이 일어나려는 걸까.

무림맹은 끊임없이 세를 불려가며 남하했고, 사악교는

중원에 퍼져 있던 사파 무림의 무인들과 문파들을 불러들이며 북상했다.

이대로 가다간 세 번째 정사대전이 일어나는 것은 시간문제였다.

물론, 정사대전이 일어나든 일어나지 않든 장호련에겐 큰 문제가 아니었다.

애초에 상인에겐 전쟁을 일종의 기회였다.

물자가 계속해서 소모되는 전쟁의 특성상 상인만큼이나 전쟁을 반기는 인간은 없을 것이다.

"쉬이 끝나진 않을 것 같아."

장호련의 푸른색 눈동자가 쉴 새 없이 움직였다.

전쟁은 상인을 배불리지만, 이건 어디까지나 적당히 치고받고 끝낼 경우였다.

애초에 지금까지의 정사대전은 큰 피해를 입은 쪽이 패배를 인정하고 항복을 하거나, 두 번째 정사대전 때처럼 도주하게 되면서 끝이 났다.

첫 번째 정사대전은 투신과 검신의 싸움으로 결정되었고, 두 번째는 벽력탄을 쓴 사악교의 일방적인 승리로 끝났다.

하지만 이번 세 번째 정사대전은 심상치가 않았다.

"두 세력이 모든 것을 걸고 부딪칠 거야. 무림맹은 한 번 온 기회를 놓치려 하지 않을 테고, 사악교도 물러서지 않겠지."

장호련은 금발머리를 양손으로 부여잡으며 아랫입술을 깨물었다.

"이러다간 무림이 초토화 되겠어."

장호련이 골머리가 아픈 이유는 바로 이것 때문이었다.

과거의 영광을 되찾으려는 무림맹과 자신의 세력을 지키려는 사악교가 총력전을 펼치려 하고 있었으니, 단순한 치고받기로 끝날 것 같지는 않았다.

태무선에게 전해줄 정보들을 간단히 정리한 장호련이 급히 자리에서 일어났다.

"여기요!"

장호련이 내려놓은 서류뭉치의 크기는 상당했다.

"아쉽게도 교주님이 원하시는 대로 사악교를 무너뜨리기는 꽤 어려울 것 같아요."

그 중에서 몇 가지를 추려 장호련이 태무선의 앞에 떨어뜨렸고, 이를 태무선이 눈으로 훑어보았다.

서류더미에 쓰여 있는 내용으로는 사악교에 모여드는 무인들과 문파들의 숫자가 점점 많아지고 있다는 것이었다.

"정말 이대로 사악교를 쳐들어가는 것은 자살행위나 마찬가지예요."

"정사대전이 벌어진다는 건가."

"맞아요. 이미 두 세력은 총력전을 벌일 생각이에요. 덕분에 사악교에서도 많은 무인들이 모여들었고요."

"내가 필요한 것은……."

166

"알아요. 사악교에 있다는 그 여인의 목이겠죠. 하지만 그렇게 중요한 여인을 방치해둘 리 없잖아요. 분명 사악교의 실력자들과 무인들이 그 비현이라는 여자를 지키겠죠."

"그렇겠지."

"교주님이 자신의 목숨을 어떻게 생각하는지는 모르겠지만, 혼자선 비현이란 여인을 죽일 순 없어요. 도와줘야 할 무인들이 필요할 테고, 그들의 목숨을 책임지셔야겠죠."

장호련은 무인이 아니라 상인이었지만, 무인의 생리를 꿰고 있었다.

누군가를 죽이기 위해서라면 자신 또한 목숨을 걸어야 했다.

그것은 태무선뿐만이 아니라 그를 돕는 다른 무인들의 목숨도 마찬가지였다.

"차라리 정사대전이 끝나길 기다리는 게 어떤가요."

뜸을 들이던 장호련이 본론을 꺼냈다.

"정사대전은 두 세력이 벌이는 총력전이 될 가능성이 커요. 그렇다면 무림맹에 의해 약화된 사악교에서도 빈틈을 보일 게 분명하고, 그때라면 교주님도 큰 위험 없이 비현이란 여인을 잡을 수 있겠죠."

"우리도 참전할 거야."

"예?"

자신이 혹시 잘못 들은 건 아닐까?

두 눈을 깜박이던 장호련이 당황스러운 듯 볼을 긁적였다.

"그러니까 교주님께서는 무림맹과 사악교의 싸움에 참전하시겠다는 건가요?"

"응."

"왜요!?"

차분한 목소리로 대화를 이어나가던 장호련이 자신도 모르게 언성을 높였다.

그도 그럴 것이 가만히 놔두어도 두 거대 세력들이 중원의 패권을 놓고 다투다 공멸할 것이 자명했다.

무림맹이 이기든, 사악교가 이기든 어차피 태무선의 목표는 어디까지나 사악교의 신묘한 힘을 지닌 비현이라는 여인이었으니, 전쟁이 끝난 후에 비현을 잡으러 가면 그만이었다.

두 세력 간의 싸움에 마교가 끼어들 이유가 전혀 없었다.

그런데 왜?

굳이?

"차라리 제 삼차 정사대전이 끝난 후에 비현이란 여인을 잡으러가도 늦지 않을 텐데요."

"아니, 생각이 바뀌었어."

원래의 태무선이었다면 굳이 전쟁에 나서지 않았을 것이다.

사강목의 죽음이 그를 바꾸어놓은 건 아닐까.

장호련의 눈빛이 불안함을 띠고 있을 무렵 태무선은 장

호련을 향해 질문을 던졌다.

"현재 무신각에서 가용할 수 있는 무인들의 수는?"

"아. 자, 잠시만요."

생각지도 못한 질문에 장호련은 급히 품속에서 수첩을 꺼내들었다.

비역만의 만주인 그녀는 상인들의 우두머리답게 기록하는 것이 몸에 밴 습관이었고, 그녀의 수첩에는 현 무신각에 거주중인 무인들에 대한 정보가 빼곡하게 적혀 있었다.

"무인들은 총 백여 명이에요. 그중에서도 쓸 만하다고 할 수 있는 무인들은 다섯 명."

태무선은 그 다섯 명이 누구인지 잘 알고 있었다.

이미 한번 겪어보지 않았던가, 그 다섯 명의 무인들은 각 층의 주인들.

"백 명이라……."

자리에서 일어선 태무선은 마중혁과 은섬을 포함한 일행들의 대부분을 한자리에 불러들였다.

그들은 태무선의 호출에 한달음에 한자리에 모였다.

마지막으로 백화궁의 소궁주인 진사은까지 모이자 태무선이 닫고 있던 입을 열었다.

"난 무림맹과 사악교의 싸움에 끼어들 생각이야."

태무선의 명령이라면 불구덩이에도 뛰어들 준비가 되어 있는 은섬과 마중혁은 고개를 끄덕였고, 해산문은 당황스러운 얼굴이었으며, 진사은은 무슨 생각을 하고 있는지 모를 얼굴을 하고 있었다.

"마중혁."

"예 교주님."

"마교에서 가용할 수 있는 무인들의 수는?"

"탈혼귀영대를 포함하여 이백이 조금 안 됩니다. 모은다고 모아봤는데… 아무래도 사악교의 위세가 너무 거대하여……."

"해산문은?"

"어… 어… 그, 우리는 장강수로채의 전력을 그대로 갖고 있다. 백오십이 조금 안 되는 숫자일 거야."

"나머지 전력으로는……."

"녹림십팔채의 산적들이 있지. 나를 포함해 오백 정도 쓸 수 있을 게다."

그때 전혀 예상치 못한 얼굴이 나타났다.

녹림의 거웅이라 불리는 자 황룡산이 아주 오래간만에 모습을 드러낸 것이다.

그는 느릿한 발걸음으로 태무선에게 다가왔다.

"사강목의 얘기는 전해 들었다."

사강목의 사망소식을 전해들은 황룡산은 단걸음에 태무선이 있는 곳으로 달려왔다.

물론, 그의 재빠른 기동에는 황룡산의 뒤에서 쭈뼛거리며 서 있는 기파랑이 한몫했다.

기파랑은 은섬과 마중혁의 눈치를 슬쩍 보며 나타나 조심스럽게 입을 열었다.

"내 들개들도 힘을 보태줄 수 있소. 엄청난 무력은 안 될

170

테지만, 그래도 꽤나 쓸 만할 거요."

겸손한 대답이었지만, 실제로 기파랑이 보유한 들개들은 싸움에서 큰 역할을 해줄게 분명했다.

맹수 특유의 민첩성과 공격성.

게다가 인간을 태울 만큼 거대한 들개들은 산적들과의 깊은 교감을 통해 말을 대신하여 산과 들판을 내달리는 이동수단의 역할을 톡톡히 해주었다.

황룡산과 기파랑의 합류로 태무선은 전력을 다시 한번 점검했다.

그에게 주어진 전력은 무신각의 무인들과 마교의 정예무인, 탈혼귀영대.

해산문의 장강수로채.

황룡산의 녹림십팔채와 기파랑의 들개들이 있었다.

물론, 이들만 두고 보더라도 무시할 수 없는 전력이었으나, 이마저도 부족했다.

태무선은 침묵을 지키고 있는 진사은에게로 고개를 돌렸다.

"너는 어떻게 할 생각이지."

"고민 중이다."

"굳이 나설 필요는 없어. 백화궁이 애써 위험을 감수할 필요는 없지."

태무선은 백화궁을 끌어들일 생각은 없었다. 어쨌든 이 싸움은 자신과 사악교의 싸움이었다.

아무런 죄도 연관도 없는 백화궁을 끌어들여 피해를 입

게 할 생각은 없었으나, 잠시 침묵을 지키던 진사은이 태무선을 똑바로 바라보며 말했다.

"이길 가능성은 어느 정도겠나."

진중한 얼굴의 진사은이 승리의 가능성을 묻자 태무선은 고개를 저었다.

"보장할 수 없어."

"질 수도 있다는 말이겠군."

"그런 셈이지."

"백화궁의 힘을 빌려주지."

이길 수 없음을 말했어도 진사은은 백화궁의 힘을 빌려주겠다 답했다.

이러한 진사은의 결단에 태무선이 의외라는 얼굴을 하자 진사은이 손가락 하나를 들어보였다.

"다만, 조건이 있다."

"조건?"

"네가 나와 혼인을 맺겠다면 백화궁의 힘을 빌려주도록 하지."

갑작스러운 약혼제의에 그곳에 모여든 일행들의 얼굴에 경악이 어렸다.

특히나 마중혁과 은섬은 두 눈을 부릅뜬 채로 진사은을 바라봤다.

대신, 둘의 시선은 달랐다. 마중혁이 진사은을 바라보는 눈빛에 기대감이 어렸고, 은섬은 살의가 깃들어 있었다.

"혼인?"

"이미 그런 조건을 받아본 적이 있었잖으냐. 내 제안도 그때와 같다. 나와 혼인을 약조한다면 백화궁의 힘을 빌려주도록 하지."

"잠깐."

태무선과 진사은의 사이에서 혼인 얘기가 오고가자 은섬이 재빨리 둘의 사이에 끼어들었다.

"무슨 꿍꿍이입니까. 백화궁의 소궁주가 마교의 교주이신 주군께 혼인을 원한다니?"

말투는 공손했으나, 은섬의 목소리에는 가시가 돋쳐 있었다.

그럼에도 진사은은 아무렇지 않은 얼굴과 목소리로 답했다.

"백화궁을 힘을 마교에게 빌려준다는 것은 우리 궁에서도 이례적인 일이다. 백화궁의 힘을 빌려주기 위해서는 명분이 필요하지. 나는 그 명분을 만들려는 것뿐이다."

"단지 명분을 위해서 주군과 혼인을 맺겠다는 겁니까?"

"물론 그 이유만은 아니다. 만약 마교가 무림맹과 사악교를 제치고 중원의 패권을 장악하게 되는 날. 백화궁이 안전하리란 보장을 받기 위해서는 우리 사이엔 깰 수 없는 약속이 필요하다고 생각한다. 그것이 바로 각 수장의 혼인."

마교의 수장은 태무선, 백화궁의 실질적인 수장은 소궁주인 진사은이었다.

그러니 둘의 혼인으로 마교와 백화궁은 저절로 동맹관계

가 된다.

상황이 이렇게까지 흘러가자 은섬은 더 이상 반박할 말이 생각나질 않았다.

그 정도로 진사은의 제안과 그에 따른 이유는 확실하고 분명했기 때문이었다.

"싫어."

그런데 그때 태무선이 손사래를 치며 말했다.

"더 이상 누군가와 얽매이는 것은 사양이야. 백화궁을 위해 싸우는 게 아니라면, 굳이 우리 편에 설 필요는 없어."

태무선이 거절할 거라고는 생각 못 했는지 진사은의 얼굴이 살짝 굳어졌다.

반면, 은섬은 내심 안도하며 뒤로 한 걸음 물러섰다.

"백화궁의 힘이 절실하게 필요하지 않은가?"

"필요해. 하지만 그런 방식으로 힘을 빌릴 생각은 없어."

"……."

단호한 태무선의 대답에 그를 바라보며 망설이던 진사은은 가벼운 한숨을 내쉬었다.

"내 뜻은 변함없다. 백화궁은 마교를 돕도록 하지. 제안은 유효하니 언제든 수락해도 좋다."

진사은이 품속에서 백화궁의 소궁주를 뜻하는 화려한 옥패를 꺼내어 이를 반으로 분해하더니 이 중 하나를 태무선에게 내밀었다.

옥패가 반으로 분리되는 것도 놀라운데 이 중 하나를 내민 진사은의 행동에 태무선은 얼떨결에 옥패를 받아들었다.

"이건 뭐야?"

"백화궁의 소궁주를 뜻하는 옥패다. 백화궁의 힘을 빌려주겠다는 일종의 증패라 여기고 받아라."

"이런 걸 내게 줘도 괜찮은 거야?"

"내 것을 나눠준 거니 상관없다."

"말했듯이 난……."

"알고 있으니 두 번 설명할 필요는 없다. 그냥 받아두어라."

"그러지."

태무선이 옥패를 품속에 밀어 넣는 것을 확인한 진사은은 그제야 만족한 듯 제자리로 돌아갔다.

그런데 이를 지켜보던 은섬이 뾰족한 시선으로 진사은을 바라봤다.

'곰이라 여겼거늘…….'

진사은은 영민한 여인이었으나, 연애에 관해서는 곰이나 다름없을 거라 여겼다.

애초에 태무선에게 아무런 관심도 없을 줄 알았던 진사은이 자신의 옥패를 태무선에게 내밀다니.

은섬은 분노에 찬 눈빛으로 진사은을 바라봤지만, 그렇다고 변하는 것은 없었다.

"전력을 보강할 수 있으면 보강해줘. 참전은 변함없으니."

"알겠습니다."

"그러도록 하지."

"알겠네."

마중혁을 포함한 각 동맹체의 수장들인 황룡산과 해산문이 고개를 끄덕이며 전쟁을 준비했다.

한편, 참전을 선언한 태무선의 돌발 선언 때문에 장호련은 그야말로 골머리가 아팠다.

모두가 각자의 할 일을 위해 돌아가자 장호련이 태무선의 앞에 섰다.

"교주님 전쟁을 하기 위해서는 얼마나 많은 물자가 필요한지 아시나요?"

"아니."

"그럴 줄 알았어요. 하아… 전쟁을 위해서는 상당히 다양한 물자가 필요해요. 무인들을 배불리 먹일 식량과 무기들이 필요하고, 부상자를 위해서 의원들도 필요하고, 상황에 따라서는 머물 곳을 마련할 수레와 말들도 필요하다고요."

생각보다 전쟁을 위해서 필요한 물자들의 수나 종류가 다양했다.

정작 참전을 선언한 태무선이 두 눈을 끔벅이며 고개를 주억거리자 장호련이 손을 저으며 고개도 함께 흔들었다.

"됐어요. 물자는 제가 어떻게든 마련해보도록 하죠. 대신, 교주님께서도 해줘야 할 일이 있어요."

176

"그게 뭐지?"

"상대는 무림맹과 사악교예요. 그에 반해 마교는 쓸 수 있는 무인들의 수가 절대적으로 부족해요. 비록 녹림십팔채와 장강수로채, 무신각과 백화궁이 협력하고 있지만, 그래도 부족한건 여전해요."

마치 소나기처럼 말을 쏟아낸 장호련이 잠시 뜸을 들인 후 말을 이어나갔다.

"그러니 부족한 무인들의 수를 메꿀 수 있는 방법은 하나예요."

"하나라면?"

"마교는 정사대전의 끝자락에 참전하는 거예요. 무림맹과 사악교가 지쳐 있을 때. 그 둘을 한꺼번에 쓸어 담는 거죠. 물론, 가능하다면… 말이죠."

장호련의 제안은 어찌 보면 당연한 제안이었다.

어차피 공멸할 게 자명한 무림맹과 사악교의 싸움에서 굳이 끼어들 필요가 있을까.

굳이 답을 해보자면 태무선은 이렇게 말했다.

"이젠 싫어."

"예……?"

그래 이젠 아니다.

적이 다가오길 기다리는 것엔 지쳤다.

저들이 나를 그리고 내 것을 건드리는 것에 지쳤다.

이젠 내가 먼저 박살낼 것이다.

의심의 꼬리

"이건 무림맹의 방식이 아니야."

눈매를 좁힌 제갈원준은 자신의 앞에 놓인 사파 무인들의 시신을 내려다보며 인상을 찡그렸다.

피비린내 때문만은 아니었다.

그렇다고 참혹하게 죽어간 무인들의 시체 때문도 아니었다.

"도대체 무슨 생각인 건지."

제갈원준의 시선이 무림맹의 선두에 선 구황천에게로 향했다. 그는 붉은 장포를 걸치고 한 손에는 천명검을 들고 있었다.

그의 장포가 처음부터 붉은색이 아니었다.

백과 금(金)색으로 칠해진 장포는 저들이 흘린 피에 의해 붉어진 것이다.

"으으! 웩!"

능소유는 구토감을 참지 못하고 멀찍이 달려가 구토를 했다.

속을 게워내고 나자 가슴속 한켠이 후련했지만, 머릿속에 각인된 시신들의 모습은 지워지질 않았다.

"제기랄."

나무를 안고 머리를 박은 채 제자리에 쭈그려 앉은 능소유는 머리에 가득 찬 시신들을 애써 떨쳐내려 노력했다.

"더 이상 못 갈 것 같아."

능소유도 선발대였으나, 그녀가 직접 사파무인들을 상대하는 일은 없었다.

그녀는 싸움 대신 죽은 이들의 시신을 직접 봐야했다.

어김없이 목과 사지가 베인 시신들이 즐비했고, 피비린내가 코를 찔렀다.

"하아아."

깊디 깊은 한숨을 내쉰 후 눈을 질끈 감았다.

그런데 그때 어둠 속에서 내밀어진 손 하나가 능소유의 손목을 잡아챘다.

"악……!"

짧은 단말마의 비명을 남긴 채 능소유의 신형이 수풀사

이로 사라졌다.

"능소유는?"

한편, 시신들을 못마땅하게 바라보며 걷고 있던 장용성은 앞서가던 노진과 오유하 그리고 제갈원준 사이에 능소유가 없음을 발견했다.

겁이 많고 시신들을 제대로 보지도 못하는 능소유가 어디로 간 걸까.

장용성이 주변을 쓸어보았지만, 그 어디에서도 능소유의 모습은 찾아볼 수 없었다.

"어디로 간 거야?"

불길한 마음이 불쑥 고개를 치켜들었다.

무림맹의 본대를 습격할 사파 무인들이 존재할 리 없겠다만, 홀로 남겨진 능소유는 복수를 바라는 미치광이 사파 무인들에겐 아주 손쉬운 먹잇감이었다.

생각이 여까지 미치자 장용성이 오유하에게 바짝 다가섰다.

오유하는 발끝에 닿는 시신들의 뭉클거리는 감촉에 놀라 몸을 퍼뜩이고 있었다.

"오유하."

"으, 응?"

"능소유는 어디로 갔어?"

"토할 것 같다면서 숲속으로 들어갔는데… 아직 안 온 것 같아."

"혼자 보냈단 말이야? 젠장!"

장용성이 욕지기를 내뱉으며 능소유가 들어갔다는 수풀로 뛰어 들어갔다.

장용성이 움직이자 걱정이 된 오유하와 노진 그리고 제갈원준이 급히 장용성을 뒤따랐다.

"이건……."

오유하는 두터운 나무 아래에 놓여 있는 토사물을 발견했다.

자세를 낮춘 제갈원준은 맨손으로 토사물을 매만졌다. 토사물에선 여전한 온기가 느껴졌다.

"얼마 되지 않았어. 아마 이 근처일 거야."

"여기."

부러진 나뭇가지를 발견한 장용성은 수풀사이로 사람이 움직인 흔적들을 발견했고, 이를 따라 움직였다.

네 명의 남녀는 흔적이 있는 길목을 따라 달렸다.

수풀을 헤집으며 달려가는 네 명의 남녀 얼굴에는 조급함이 느껴졌다.

긴장된 발걸음으로 달리던 중 제갈원준이 손을 뻗어 일행들을 멈춰 세웠다.

"잠깐만."

꿀꺽—!

마른침을 삼키며 자세를 낮춘 제갈원준은 자신의 검에 손을 올렸다.

'뒤다.'

나머지 일행들은 눈치채지 못한 모양이지만, 제갈원준은 자신들의 뒤에서 이질적인 존재감을 느꼈다.

희미한 기척이었기에 제갈원준도 하마터면 놓칠 뻔한 존재감.

제갈원준은 앞으로 가리키며 말했다.

"노진과 장용성이 선두에서고 오유하가 뒤에서 보조해 줘."

이미 별동대로 활동하며 합을 맞춰온 노진과 장용성 그리고 오유하는 고개를 끄덕이며 삼각대형으로 앞을 향해 나아갔다.

그들이 거리를 벌리며 앞서나가자 제갈원준이 앞을 응시하며 검의 손잡이에 손을 올렸다.

'망설이지 마라.'

능소유가 어떤 상황에 처해 있어도 동요하지 말자.

무인간의 싸움에서 망설임은 곧 죽음.

제갈원준이 검을 뽑으려 손잡이를 움켜쥐고 발목을 비트는 순간, 그의 목에 차가운 검의 감촉이 느껴졌다.

"돌아보지 마라. 죽고 싶지 않다면."

싸늘한 목소리.

제갈원준은 제자리에 얼어버린 듯 꿈쩍도 할 수 없었다.

죽음에 대한 두려움만은 아니었다.

"이곳에 계셨습니까."

제갈원준은 자신을 향한 남자의 목소리가 낯익었다. 굳이 돌아보지 않아도 제갈원준은 그가 누구인지 알고 있었다.

"혁단주님."

"이젠 아니다. 그저 검신을 해하고 도망친 죄인일 뿐이지."

"능소유는 어디 있습니까. 그 녀석은 아무 죄도 없습니다."

"그 아이는 무사하다. 물론, 계속 안전할지 아니면… 위험해질지는 네게 달려 있지."

"원하시는 게 무엇입니까. 앞서 말하지만, 전 무림맹을 배신할 생각 따위는 없습니다."

"뒤돌아서라."

혁우운의 명령에 제갈원준은 검에서 손을 떼고 뒤를 돌았다.

그리고 그곳에는 혁우운과 함께 두 다리를 벌벌 떨고 있는 능소유가 있었다.

능소유는 울먹이는 얼굴로 제갈원준을 바라보고 있고, 제갈원준은 손을 살짝 내미는 것으로 능소유를 진정시켰다.

"오랜만이구나."

"직접 뵙는 것은 오랜만이군요. 그나저나 무림맹의 대죄인이 되신 혁대협께서 제 앞에 나타난 것은… 제가 모르는 무언가가 있다는 뜻이겠지요."

혁우운은 고개를 끄덕이면서도 제갈원준의 영민함에 감탄했다.

그는 위험부담을 줄이려 자신들의 동료들을 먼저 보낸 후 홀로 자신을 상대하려했다.

실력에 대한 자신감 혹은 무의미한 희생을 줄이기 위함일 것이다.

짧은 시간 만에 이런 대처를 보인 것도 대단하지만, 더 대단한 것은 그는 이미 무림맹에서 기이한 일이 벌어지고 있음을 눈치챈 모양이었다.

"네가 알고 있는 것은 무엇이냐."

혁우운이 먼저 물었고, 제갈원준이 반문했다.

"혁대협께서 숨기고 계신 것은 무엇입니까."

"내가 먼저 물었다."

"…휴! 아무래도 맹주님의 상태가 이상하다고 느끼던 찰나였습니다. 손속이 잔인해진 것과는 별개로 뭔가에 쫓기듯 조급해보이더군요."

"조급하다라. 그렇겠지. 내공을 전수받자마자 자신의 할아버지를 해하려했으니."

"……."

잠시 혁우운의 말뜻을 헤아리던 제갈원준이 얼굴에 경악이 어렸다.

"설마 검신을 그렇게 만든 것이 맹주님이라는 말씀입니까?"

"그래. 내 말에 대한 증거는 없다. 천기단도 나를 버렸으니."

"하지만, 왜?"

"그 이유에 대해서는 나도 알아내지 못했다. 그저, 내공 전수가 끝나자 구황천은 기다렸다는 듯 구황목님의 복부에 자신의 손을 박아 넣었다. 그리고 이를 우연찮게 발견한 내게 누명을 씌운 것이지."

"그럴 수가……!"

구황천의 상태가 이상해졌음은 느낀 제갈원준이었지만, 그건 어디까지나 자신의 할아버지이자 검신이라 불리던 구황목이 주화입마에 빠진 충격 때문이라 추측했다.

하지만 혁우운의 말이 사실이라면 이건, 문제가 심각했다.

"그게 사실이라면 진실을 알려야 하지 않겠습니까?"

"무슨 수로 밝힌단 말이냐."

"그건……."

제갈원준은 아무 말도 할 수 없었다.

만약, 구황천이 패악질이라도 벌이거나 무림맹을 사지로 몰아넣는 행위를 벌였다면, 어떻게든 진실을 밝혀보려 했을 것이다.

그러나 구황천은 무너진 무림맹을 일으켜 사악교를 몰아내며 남하하는 중이었다.

그동안 무림맹의 원수나 다름없는 사파 무인들과 문파들을 도륙하고 있을 뿐, 무림맹에 해가 될 만한 행동은 일절 하지 않았다.

'무슨 말을 해도 맹주를 건들진 못할 거야.'

이미 검성이라 불리며 정파 무림의 희망이 된 구황천을 누가 감히 막을 수 있겠는가.

"구황천이 검신을 해하려 한 데에는 이유가 있을 것이다."

"그저, 자신의 욕심 때문에 제 할아버지이자 검신이라 불리는 맹의 영웅을 죽이려 하진 않았겠죠."

"나는 진실을 밝히고 싶지만, 내 능력으로는 역부족이다."

"그럼 어떻게 하면 좋겠습니까?"

"진실을 알고 있는 사람이 필요해."

"진실을 알고 있는 건 혁대협이 유일하지 않습니까?"

"한 명 더."

"설마… 하지만, 검신께서는 주화입마에 빠져 식물인간이 되셨습니다. 그런 분을 구해봤자……."

"생불귀현수(生不歸顯壽)라 들어봤느냐."

"생불귀현수(生不歸顯壽)."

생불귀현수(生不歸顯壽)란 말을 들은 제갈원준의 눈이 더할 나위 없이 커졌다.

생불귀현수란 죽음에 이르는 상처를 입거나, 죽음을 목전에 둔 사람 혹은 주화입마에 빠진 이들의 의식을 짧은 순간이나마 회복시키는 일종의 회혼술(回魂術)이었다.

이는 주화입마에 빠진 식물인간조차 의식을 차릴 수 있게 만드는 술법이었지만, 문제는…….

"생불귀현수를 받은 사람은."

"죽는다."

"진실을 밝히고자 검신을 죽게 하자는 말씀이십니까?"

"다른 방법이 있겠느냐."

이번에도 제갈원준은 침묵할 수밖에 없었다.

진실을 밝힐 수 있는 유일한 방법은 혁우운의 말처럼 유일한 증인이자 피해자인 구황목을 깨우는 방법밖에는 없었다.

그러나 생불귀현수를 받은 인간은 필사(必死)한다.

제갈원준이 고민하는 사이 되돌아온 오유하와 노진 그리고 장용성이 혁우운을 발견하고는 놀라 검을 치켜들자 제갈원준이 손을 뻗어 그들을 진정시킨 후 말했다.

"검신께서는 맹주의 곁에서 벗어나질 않습니다."

구황목은 고급스러운 마차에 태워진 채로 구황천의 곁에 항시 머물렀다.

겉으로는 구황천이 구황목을 모시기 위해 동행한다고 알려져 있었고, 이에 구황천의 효심에 감동한 무인들이 대거 무림맹에 가담하기도 했다.

하지만 이 모든 행동은 구황천이 혹시 모를 구황목의 회복을 경계하기 위함이었다.

"우리의 힘으로는 검신을 구황천에게서 빼낼 수 없겠지."

"맞습니다. 이 전력으로는 검신을 빼낼 수 없습니다."

"우릴 도와줄 수 있는 자가 있다."

"그게 누굽니까?"

"마교주."

혁우운은 무거워진 입술을 열어 그의 이름을 말했다.

"태무선."

* * *

"그래 너희가 적들의 동태를 살펴보겠다는 거냐."

간이로 세워진 천막 속에서 구황천의 앞에 제갈원준과 노진, 장용성과 오유하 마지막으로 능소유가 한쪽 고개를 숙인 채 서 있었다.

구황천은 한 손으로 턱을 괸 채 그들의 안면을 하나씩 살피며 말했다.

"나도 네들을 잘 알고 있다. 별동4조. 유일하게 비림의 살수들과 대적이 가능한 별동대라지."

"그렇습니다."

"그게 가능했던 것은 네 덕분이고. 제갈원준."

"과찬이십니다."

제갈원준은 겸손을 떨었고, 구황천은 생각을 읽을 수 없는 묘한 눈길로 제갈원준과 나머지 무인들을 쓱 둘러보았다.

"개방을 잃고 무림맹은 정보를 얻는 데에 큰 어려움을 겪었다. 그러던 중 별동대로 활약하던 젊은 무인들의 활약으로 무인의 정세를 알아낼 수 있었지."

구황천은 품속에서 금패를 하나 꺼냈다.

이는 구황천의 최측근만이 받을 수 있는 맹주사령패였다.

"받아라."

고개를 숙인 채 제갈원준이 맹주사령패를 받아들었다.

"이 패가 있으면 어디서든 맹에 소속된 문파들의 도움을 받을 수 있을 것이다."

"감사합니다."

"필요하다면 지원을 아끼지 않을 것이다."

몸을 일으킨 구황천은 제갈원준의 어깨를 두드려주었고, 뒤이어 노진과 장용성 그리고 오유하의 순서대로 그들의 어깨를 두드려주었다.

그리고 마지막으로 능소유의 앞에 선 구황천이 그녀에게 손을 뻗었다.

그러자 능소유가 몸을 움찔했다.

그녀의 움찔거림을 본 구황천이 물었다.

"내 손길이 두려운 게냐."

"아, 아닙니다!"

능소유가 급히 고개를 저으며 부정하자 구황천이 손을 내밀어 능소유의 턱을 부드럽게 감싸 쥐어 들어올렸다.

숙이고 있던 고개를 든 능소유의 얼굴엔 긴장감이 역력했다.

"두려워하고 있구나. 무엇을? 나를 두려워하는 게냐."

구황천의 물음에 능소유가 입을 열어 아니라는 말을 하

려했지만, 그녀의 이는 눈치 없이 위아래로 부딪치며 딱딱
거렸다.

상황이 틀어지려하자 제갈원준이 말했다.

"능소유는 무가의 자식이 아닙니다. 전쟁을 겪어 본 적
이 거의 없고, 이렇게 많은 시신을 본 것도 처음입니다. 아
마 그 때문에 두려움을 느끼는 걸 겁니다."

"무가의 자식이 아니라……."

능소유는 침을 삼키며 아랫입술을 깨물었다.

공포를 숨기려 아래로 내린 손등을 강하게 꼬집으며 입
속에서 혀를 깨물었다.

그때 구황천이 능소유의 머리에 손을 올렸다.

"두려워 말거라. 전쟁은 곧 끝날 테니."

이 말을 끝으로 구황천이 신형을 돌리자 능소유는 입가
에 고인 피를 목구멍으로 삼켰다.

"그럼 길을 떠나거라. 부디 무림맹에 도움이 될 정보들
을… 구해오길 바란다."

"명을 받들겠습니다."

제갈원준이 포권지례를 올리며 천막을 빠져나왔다.

맹주의 천막에서 벗어난 제갈원준과 일행들은 깊은 한숨
을 푸욱 내쉬며 심호흡했고, 혀를 깨물며 공포를 숨긴 능
소유는 입가에 고여 있던 피를 뱉으며 눈물을 지었다.

"시간을 오래 끌어봤자 좋을 게 없어. 어서 움직이자."

"그래."

"응."

제갈원준과 일행들은 재빨리 무림맹의 본대에서 벗어났다.

다소 조급한 발걸음으로 무림맹의 본대를 벗어나는 능소유의 등을 구황천은 멀찍이서 지켜봤다.

"저들의 뒤를 밟아."

어둠 속에서 모습을 드러낸 흑의인이 날카로운 시선으로 멀어지는 능소유를 응시했다.

"만약, 저놈들이 태무선과 만나려 한다면 그 즉시 죽여 버려."

"존명."

명을 받은 흑의인이 어둠 속으로 모습을 감추자 구황천의 시선은 남쪽을 향했다.

이제 곧 과거 무림맹의 터전에 도착한다.

그곳엔 사악교가 자신을 기다리고 있으리라.

천막 안쪽을 밝히는 횃불은 환하게 타올랐고, 짙은 그림자가 구황천을 뒤덮었다.

* * *

남하하는 무림맹은 무소불위의 힘을 휘두르며 앞을 가로막는 모든 것을 때려 부쉈다.

천명검을 들고 검신의 힘을 이어받아 검성이 된 구황천

을 누가 막을 수 있겠는가.

이미 사악교에 속한 사파 무인들과 문파들은 사악교의 교단으로 자신들의 장원을 버리고 도주했다.

더 이상 가로막는 이가 없자 구황천과 무림맹은 거리낄 것 없이 남하했다.

호북성의 중심부에 위치한 무한.

그곳엔 동호를 앞에 둔 객잔이 존재했다.

객잔의 이름은 동향객잔.

그곳에 이른 아침부터 술잔을 기울이던 남자가 있었으니, 그는 창가로 보이는 동호를 응시하며 잔에 술을 채웠다.

시간이 얼마나 지났을까.

하늘의 중심에서 밝게 타오르던 태양이 뉘엿뉘엿 기울며 산등성이를 넘어가고, 그 자리를 밝은 반월이 자리를 차지하고 있을 때 사내 외에는 아무도 방문하지 않는 동향객잔에 마차 하나가 도착했다.

마차에서는 면사를 쓴 여인과 두 남녀가 여인을 호위하듯 양쪽에서 주변을 쓸어보며 동향객잔으로 들어섰다.

여인은 익숙한 듯 객잔에 한 명밖에 없는 사내에게로 사뿐한 걸음으로 다가왔다.

"오랜만에요. 구소협."

앉으라는 말은 없었으나 여인은 익숙한 듯 사내의 앞에 앉았고, 사내는 술잔을 비우며 자신의 앞에 앉은 여인을 쏘아보며 말했다.

"구황경은 어디 있지."

"이런, 소녀를 기다리는 게 아니라 형님을 기다리셨군요."

"내가 원한 것은 사악교의 교주야. 네가 아니라."

"하하 그렇다면 괜찮아요. 이제 사악교의 교주는 구황경이 아니라 바로 소녀니까요."

스스로를 소녀라 부르는 여인, 비현을 마주한 구황천이 인상을 살짝 찡그렸다.

"결국 구황경을 죽였나."

"아뇨 죽이진 않았어요. 다만 두 다리를 자르고 구황기의 곁에 넣어드렸죠."

"대업이 끝이 날 때까지는 구황경을 전면에 내세울 생각이 아니었나? 그 흡성대법을 이용해서 말이야."

"생각이 바뀌었어요. 구황경이 태소협에게 패배했거든요."

"구황경이 태무선에게 졌다고?"

"네."

생각지도 못한 소식에 구황천이 술잔을 내려놓으며 얼굴을 굳혔다.

비록 전력을 다하진 않았어도, 구황경의 흡성대법은 과연 훌륭했다.

자신의 기운을 빨아들인 후 더 강한 기운으로 공격해오는 구황경의 흡성대법은 악귀의 무공이나 다름없었다.

그런데, 흡성대법을 익힌 구황경이 태무선에게 패배했다.

"태무선의 수준이 그 정도였나?"

구황천이 마지막으로 본 태무선의 수준은 검신의 힘을 이어받기 전의 자신보다 아주 조금 더 강할 뿐이었다.

물론, 검신의 힘을 이어받은 지금이야 태무선은 더 이상 자신의 상대가 되지 못할 테지만, 구황경을 이겼다는 사실이 구황천을 거슬리게 만들었다.

"네! 정말로 대단했죠. 제 현혹술을 깨뜨렸으니까요."

"투신의 제자라고 하여 쓸 만한 녀석이라 여겼는데, 꽤 껄끄러운 녀석이었군."

"잠재력이 뛰어난 사내예요."

비현이 태무선을 계속해서 칭찬하자 구황천은 괜히 기분이 나빴다.

"잠재력이 뛰어나다고? 나보다 뛰어난가?"

구황천의 물음에 비현이 손가락으로 자신의 입술을 매만지며 고혹적인 미소를 지으며 말했다.

"글쎄요. 저는 당신에게 백세간옥을 보여준 적이 없어 모르겠네요. 하지만, 태소협은 제 백세간옥을 스스로의 힘으로 벗어났어요. 잠재력은 타고난 기골과 정신력의 수준에 따라 결정되죠. 그런 면에서 태소협의 잠재력은 상상 이상이에요."

"그렇다면 말해봐라. 태무선의 위협은 어느 정도지."

비현에게로 바짝 다가선 구황천이 맹수가 으르렁거리듯

낮은 목소리로 물어오자 비현이 다가온 구황천의 뺨을 자신의 손으로 매만지며 말했다.

"당신을 무너뜨릴 만큼."

"진심이냐."

"소식은 저도 전해 들었어요. 드디어 검신의 힘을 취하신 모양이군요."

"그자에게서 내공을 전수받았다. 내 안에는…….."

구황천이 두 주먹을 말아 쥔 채 기운을 끌어올리자 거력의 기운이 그의 몸에서 뿜어져 나오기 시작했다.

그 기운이 어찌나 강렬했는지 동향객잔은 구황천이 끌어낸 기운에 의해 건물 째로 흔들렸다.

검신의 내공을 전수받은 구황천이 가감 없이 기운을 뿜어내는 모습을 흐뭇하게 지켜보던 비현은 탁자에 턱을 괴고 붉은 입술을 달싹였다.

"대단하네요."

말과는 다르게 비현의 목소리는 무미건조했다.

"부족하다 느끼는 거냐."

"글쎄요. 여전히 잘 모르겠네요."

"모르겠다고? 설마 지금의 나와 태무선을 비교하며 말하는 것은 아니겠지?"

"맞아요. 정답이에요!"

비현이 손가락을 튕기며 웃었다.

"사실 전 태소협을 보는 순간, 그간의 일들을 조금 후회했거든요. 구가의 자식들이 아니라 저 사내를 나의 검으로 삼았다면, 조금 더 빨리… 제 대업을 이룰 수 있을 거라는 후회."

구황천의 손아귀가 비현의 멱살을 움켜쥐자 그의 목에 두 개의 칼날이 생겨났다.

어느새 구황천의 곁으로 다가온 백은섭과 암존이 구황천의 목에 검을 겨눈 것이다.

자신의 목에 검이 들이밀어졌어도 구황천은 눈 하나 깜박이지 않았다.

"내가 아니었다면, 네가 이렇게까지 성장할 수 있었을 거라 생각하느냐."

"힘들었겠죠. 검신에게 주화입마를 일으킬 수 있는 사람은 전 중원을 통틀어서 구황천과 구황경 두 사람밖엔 없거든요."

노골적인 비웃음에 구황천이 비현의 목을 움켜쥐었다.

가느다란 비현의 목은 언제든 구황천의 손아귀에 부러질 듯 위태로워 보였다.

하지만 비현의 얼굴엔 여유로움으로 가득했다.

"설마 질투하시는 건가요?"

"내가 태무선을 질투한다고?"

"네. 아니면 실망이에요. 자신을 뛰어넘을지도 모르는 사내를… 그냥 내버려두려는 거잖아요."

손을 올려 구황천의 손목을 살며시 움켜쥔 비현이 입가에 미소를 거두며 말했다.

"태무선을 죽이세요."

힘을 주지 않은 것 같은데 비현의 목을 움켜쥔 손이 저절로 힘이 풀렸다.

자유의 몸이 된 비현은 쥐고 있던 구황목의 손목을 풀어주며 말했다.

"만약 그를 살려두면 두고두고 후환이 될 거예요. 제가 장담하죠. 태무선은 구소협이 지금껏 만나온 적들 중에서 가장 강력하고 위험한 적이 될 거예요."

아무 말도 없는 구황천을 향해 비현이 강한 어조로 재차 말했다.

"태무선을 죽이세요. 구황천. 이건 경고입니다."

딸랑—!

비현이 마차를 타고 떠나가자 홀로 남겨진 구황천은 술잔을 내던진 후 술병을 가져와 입에 벌컥 들이켰다.

뜨거운 느낌의 화주가 목구멍을 타고 흘러들어갔다.

술 한 병을 단 한 모금에 먹어치운 구황천은 술병을 아무렇게나 내던진 후 이를 갈았다.

"개 같은 년."

비현은 어디까지나 도구였다.

자신이 검신을 넘어 무림맹의 영웅이 되는… 아니, 전 중원의 주인이 되는 데에 필요한 도구.

그런데 그 도구가 자신을 도발해왔다.

"태무선이라… 하긴, 어차피 언젠가 죽여야 했을 놈."

좀 더 이용하려 했지만, 이젠 끝을 내야 했다.

술병을 내던져 깨뜨린 후 자리에서 일어난 구황천은 동
향객잔의 주인이었던 두 구의 시체에 은자를 던져준 후 동
향객잔을 빠져나왔다.

"쓸데없이 밝아."

자신을 비추는 반월의 환한 빛을 못마땅하게 올려다보던
구황천은 신형을 돌려 어둠 속을 향해 걸어갔다.

* * *

다음 날 아침.

호북성 이남까지 내려오는 데에 성공한 구황천과 무림맹
은 중립적인 위치에서 정과 사 어느 쪽에도 속해 있지 않
던 무가의 장원을 장악하여 그들의 장원에 터를 세웠다.

무가의 안주인이 누군가는 중요하지 않았다.

안채를 점령한 구황천은 급히 맹의 장로들을 소집했고,
구황천의 부름에 맹의 장로들이 이른 아침부터 안채에 모
여 앉았다.

"마교를 칠 겁니다."

구황천이 마교를 치겠다고 선언하자 장로들의 표정이 미
묘해졌다.

특히나 마교타도를 입에 달고 살던 남궁수호마저 그게
무슨 말이냐는 듯한 얼굴로 구황천을 바라볼 정도로 구황
천의 말은 느닷없었다.

"맹주령을 선포할 정도로 마교의 교주인 태무선을 신뢰

하지 않으셨습니까?"

내내 조용히 말을 아끼고 있던 황교각이 드디어 무거운 입술을 열어 질문을 던졌다.

그러자 구황천이 고개를 끄덕이며 말했다.

"맞소. 나는 마교의 교주인 태무선을 이용해 사파 무인들이 서로 자멸하길 원했소. 하지만 태무선은 정파 무림을 이용하기 위해 죄 없는 정파소속의 문파들을 공격했고, 그들을 미끼삼아 자신의 목적을 이뤘소."

구황천의 말 중에 틀린 것은 없었으나, 그렇다고 사실이라고 보기도 어려웠다.

그런 태무선의 행동과 결단으로 무너져가던 정파 무림이 다시 힘을 되찾기 시작한 것도 사실이었기 때문이었다.

게다가, 그로 인해 진짜 피해를 본 정파 문파들은 존재하지 않았으니, 구황천의 말은 누가 봐도 마교주인 태무선에게 누명을 뒤집어씌우는 거나 다름없었다.

"저희는 마교와 임시 동맹을 맺었습니다. 이대로 신의를 저버리는 것은 무림맹으로서 해서는 안 될 행동으로 아룁니다."

황교각도 물러서지 않고 동맹과 신의를 언급하자 구황경이 서늘한 안광으로 황교각을 훑어보며 천천히 입술을 뗐다.

"황장로는 마교의 사람이오?"

"그게 무슨 말씀이신지."

황교각의 반문에 구황천이 턱을 괴며 재차 같은 질문을

던졌다.

"황장로는 마교의 사람이냐 물었소."

"물론 아닙니다. 저는 홍의방의 방주로서… 어디까지나 무림맹의 일원입니다."

"그런데 어찌하여 마교를 옹호하는 거요? 마교가 우리에게 조금의 도움을 줬다고 하여 그들이 정파가 되는 것은 아니오. 마교는 언제까지나 마교. 언제든 우리의 목에 칼날을 들이밀 수 있는 자들이오. 그러니, 우리가 사악교와의 결전을 벌이기 전 마교의 목을 먼저 취해놔야지만, 안전할 수 있소."

청산유수처럼 쏟아지는 구황천의 말에 감히 반박할 수 있는 자는 이곳에 존재하지 않았다.

그도 그럴 것이 마교는 무림맹의 오래된 적.

사악교라는 공통의 적이 나타났다는 이유로 마교와 무림맹이 같은 배를 탈 순 없는 노릇이었다.

게다가, 마교와의 임시동맹을 언급하며 신의를 내세우자니 마교의 첩자냐는 모함을 받아야 했다.

하릴없이 장로들은 입을 굳게 다문 채 함부로 입을 열 수 없었다.

장내가 침묵으로 조용해지자 고요함을 기다리던 구황천이 자신의 검에 손을 올리며 말했다.

"마교는 무림맹의 적. 나는 그들의 우리의 등에 칼을 꽂게 놔둘 생각이 없소. 그러니 우리는 사악교에게서 중원을 탈환하기 전에 마교를 먼저 없앨 것이오."

쿵—!

구황천의 검집이 바닥을 내리찍자 장내에 구황천의 거대한 존재감이 태풍처럼 몰아쳤다.

"마교를 이제… 중원에서 없앨 때가 되었소."

선포(宣布)

남하하던 무림맹의 본대가 방향을 틀었다.

사악교의 턱 끝까지 다가섰던 무리맹이 방향을 틀자 태무선과 헤어진 후 현각과 함께 무림맹의 본대에 합류한 유선은 회의를 끝내고 깊은 고심에 빠진 황교각에게로 다가섰다.

"방주님."

유선의 부름에 제자리에 멈춰선 황교각이 유선을 바라봤다.

"왔느냐."

"본대가 방향을 틀었습니다. 작전이 바뀐 건가요?"

"그런 모양이구나."

무림맹은 남하하며 경로상에 존재하는 구파와 오대세가의 문파들에게서 무인들을 차출했다.

영광스러운 싸움에 구파와 오대세가에서는 저들의 무인들을 내어주었고, 무인들의 합류로 세를 키운 무림맹은 사악교와 결전을 준비했다.

하지만 사악교의 발치까지 다가온 무림맹이 갑자기 방향을 틀어 동쪽으로 향하기 시작한 것이다.

"아무래도 마교를 치려는 모양이구나."

"마교를요? 하지만 마교는 무림맹과 일시적으로 동맹을 맺은 상태가 아니었나요?"

"그랬었지."

"그랬었지라면… 동맹이 끝난 건가요?"

"그래."

"언제 동맹이 파기된 거죠? 저는 그런 얘기는 들어본 적이 없……."

심각하게 굳어 있는 황교각의 얼굴을 확인한 유선은 입을 다문 채로 아랫입술을 살짝 깨물었다.

이 동맹이 일방적으로 파기되었음을 깨달은 것이다.

'무림맹은 이참에 마교를 쓸어버릴 생각인 거야.'

유선은 머릿속이 복잡해졌다.

그녀가 잠시동안 겪은 태무선과 마교는 무림맹에게 위협이 될 만한 존재가 아니었다.

그가 무림맹을 공격할 마음을 먹지 않는다면 말이다.

"저희는 어떻게 해야 하죠?"

"이상한 질문이구나. 우린 그저 맹주의 명령을 따를 뿐이다."

유선은 아차 싶었는지 고개를 끄덕이며 속내를 감췄다.

"어떠냐. 네가 확인한 태무선이라는 사내는."

품속에서 수첩을 꺼낸 유선이 이를 황교각에게 건네주었다.

"여기에 모두 적어놨습니다."

수첩을 받은 황교각은 그 안에 담겨 있는 태무선에 대한 내용들을 눈으로 훑어보았다.

그간 유선이 확인한 태무선의 행적들을 모두 살펴본 황교각은 수첩을 자신의 품에 넣으며 옷매무새를 정돈했다.

"유선아."

"예 방주님."

"우린 마교주를 죽이게 될 것이다."

"알고 있습니다."

"망설여서도 빈틈을 보여서도 안 될 게야."

"명심하겠습니다."

홍의방주 황교각. 그는 소위 명문무가라고 알려져 있는 구파일방과 오대세가를 제치고 무림맹 장로직의 한 석을 맡았다.

그가 작은 방의 방주로서 무림맹의 장로직까지 올 수 있었던 이유는 세상의 흐름을 읽는 능력이 탁월했기 때문이었다.

황교각은 뒷짐을 지고 동쪽으로 향하는 무인들의 행렬을 지켜봤다.

자랑스러워 마지않던, 늘 자부심을 느끼던 무림맹의 무인들.

깊게 패인 두 눈동자로 세상을 훑던 황교각은 손에서 작은 은자를 꺼내어 이를 손가락 사이에 끼운 후 앞뒤로 돌려가며 움직였다.

'무림맹주.'

인간이 변하는 데엔 많은 요소들이 필요하지 않다.

다만, 누가 그를 바꿔놓았느냐가 중요하지.

만약 검신 구황목의 주화입마가 구황천을 바꿔놓은 계기라면, 계기를 만든 혁우운을 증오하는 게 당연한 일.

그러나 구황천은 오히려 흉수인 혁우운은 그다지 신경쓰지 않고 있었다.

혁우운을 쫓을 추격조도 편성하지 않았다.

그가 복수에 눈이 멀지 않고 대의를 위해 움직이는 거라면 큰 문제는 아닐 터.

하지만, 그게 아니라면?

"혁우운이 범인이 아닐 수 있다……."

뒷짐을 진 황교각의 고민이 깊어졌다.

* * *

무림맹의 본대에서 빠져나온 제갈원준은 미리 약속된 장소에서 혁우운을 맞이했다.

  잠시 제갈원준의 뒤를 살피던 혁우운은 그들 외에 아무도 없음을 확인한 후 깊은 숲속으로 그들을 안내했다.

  "태무선을 어떻게 찾죠?"

  "내게 생각이 있다. 아마 그들을 이용하면 찾을 수 있을 거야."

  "알겠습니다."

  "맹주는 별 말 없었느냐."

  심적인 고생 탓인지 혁우운의 눈두덩이 검게 물들었다.

  "별 탈은 없었습니다. 다만."

  "다만?"

  "맹주의 행동이 조금 이상했습니다. 아마 그림자가 붙었을 가능성이 큽니다."

  제갈원준의 대답에 혁우운이 살짝 놀란 표정을 지었다.

  제갈원준이라는 영민한 사내가 있다는 얘기는 언뜻 들었는데, 맹주가 그림자를 붙인 것까지 눈치챘을 거라고는 생각 못했기 때문이었다.

  "빨리 움직여야 할 것 같습니다."

  "그래야겠구나."

  혁우운은 제갈원준과 나머지 일행들과 함께 숲을 빠져나왔다.

  숲을 빠져나온 제갈원준은 근처에서 들려오는 물소리에 품속에서 맹주사령패를 꺼내 냇가에 집어던졌다.

맹주의 권한을 일부 일임하는 증표인 맹주사령패가 제갈원준의 손을 떠나 냇가로 빨려 들어가자 능소유가 화들짝 놀라 말했다.

"그건 맹주님이 주신 사령패잖아!?"

"맞아. 어차피 우리에겐 필요 없는 물건이고. 어떤 장치가 되어 있는지 몰라. 차라리 안 갖고 있는 편이 안전해."

냇가로 사라진 맹주사령패를 미련 없이 버리고 돌아선 제갈원준이 혁우운과 함께 숲을 넘어 사라졌다.

이윽고, 얼마 안 가 다섯 개의 그림자가 숲속 어귀에서 모습을 드러냈다.

그들은 냇가에 잠든 맹주사령패를 건져낸 후 서로를 응시했다.

'천리추종향이 발라진 맹주사령패를 버렸다.'

'우리의 추적을 눈치챈 거야.'

'제갈원준이 맹을 배신했다.'

'떠난 지 얼마 되지 않을 것이다. 1조는 흔적을 찾아 움직이고, 2조는 사령패를 가지고 돌아간다.'

사령패를 회수한 두 명의 그림자가 뒤로 돌아섰고, 나머지 세 명의 그림자는 사라진 무인들의 흔적을 찾아 움직였다.

한편, 무림맹이 동선을 변경해 동쪽으로 움직이기 시작했다는 소식은 장호련의 귀에도 전해졌다.

이미 무림맹의 동태를 밤낮으로 감시하던 장호련은 무림
맹이 사악교의 교단을 코앞에 두고 동선을 틀어버린 것에
경계하고 있었다.

"뭘 노리고 있는지 고민할 필요도 없겠네."

무림맹이 노리고 있는 바야 뻔했다.

사악교를 앞에 두고 동선을 비튼 이유에는 마교가 존재
했다.

모든 사파 무인들을 적으로 규정한다.

이는 마교를 겨냥한 선포이기도 하며, 비공식적으로 이
뤄진 무림맹과 마교의 임시동맹을 일방적으로 파기하겠
다는 뜻이었다.

"뒤통수치기는 아주 전문가들이야."

장호련은 바쁘게 움직여야 했다.

이미 각 수뇌부들은 곧 벌어질 무림맹과 사악교에 대한
전투를 준비하기 위해 바삐 움직이는 중이었다.

황룡산은 중원 곳곳에 퍼져있는 산적채를 소집 중이었
고, 해산문은 물자를 보급하기 위해 장강을 가로지르는 중
이었다.

또한 기파랑은 빠른 기동성을 이용해 정보를 수집 중이
었다.

마중혁도 놀고 있진 않았다. 그는 자신의 무공을 갈고닦
으면서도 탈혼귀영대와 마교의 무인들을 점검하며 앞으
로 벌어질 전투에 만전을 가하고 있었다.

마지막으로 태무선은 무신각의 정상에 올라섰다.

"정말로… 괜찮겠어?"

"이거 자존심 상하는데."

"부탁해."

무신각의 최상층에 마련된 널찍한 연무장에 초월과 취광남이 태무선을 마주보고 있었다.

"전력을 다해달라고 한 건 너니까 후회하지 마."

취광남이 허리춤에서 술병을 꺼내들었다.

초월은 양손에서 뜨거운 열기가 느껴지는 주홍빛의 권기를 발산했다.

두 사내는 천재라 불리는 무인들로서 무신각의 4, 5층의 주인들이었다.

명문무가에서도 장로직 이상의 자리를 넘볼 수 있는 두 실력자가 태무선을 향해 빠르게 달려들었다.

두 명의 무인이 한 명을 상대하는 것은 자존심이 상하는 일이었지만, 초월과 취광남은 자신들의 온 힘을 끌어냈다.

태무선은 쉬엄쉬엄 사정을 봐가며 상대할 수 있는 사내가 아니었기 때문이다.

'투령무일체의 10성.'

사악교의 교단에서 잃기만 한 것은 아니었다.

비록 사강목을 잃었지만, 태무선은 그곳에서 투령무일체의 10성의 실마리를 얻었다.

분노 혹은 의지.

주먹을 강하게 말아 쥔 태무선은 가장 먼저 자신에게 다가온 초월의 권격을 힘껏 내리쳤다.

꽝—!

두 권사의 주먹이 충돌하며 생긴 충격파가 연무장을 울렸다.

초월은 태무선의 힘을 역이용해 허리를 비틀며 두 번째 권격을 날렸다.

그와 동시에 화주를 들이켠 취광남이 매서운 속도로 태무선의 뒤편에서 나타나 그의 뒷목을 향해 주먹을 날렸다.

빠르고 날카로운 두 무인의 공격.

태무선은 앞뒤에서 느껴지는 강렬한 기운에 온몸의 털이 곤두섰다.

두려움이 아닌 희열감이 태무선의 온몸을 감쌌다.

'아직이야.'

태무선이 진각을 밟으며 어깨로 초월의 권격에 맞선 후 몸을 비틀어 취광남의 권격을 팔꿈치로 후려쳤다.

설명은 길었으나 이 모든 과정이 일어나고 끝나기까지의 시간은 찰나.

초월과 취광남의 얼굴이 굳어졌다.

'전보다 빨라졌다.'

'괴물같은 놈.'

이미 태무선과 싸워본 전적이 있는 초월과 취광남은 뒤로 물러서며 내공을 끌어올렸다.

내공을 안배하며 빈틈을 노려보려 했는데, 어중간한 공

격으로는 태무선의 몸에 생채기조차 낼 수 없음을 깨달은 것이다.

먼저 움직인 쪽은 초월이었다.

그는 두 팔을 넓게 벌렸는데, 초월의 두 팔에서 강렬한 열기가 느껴졌다.

"흡!"

초월이 빠른 속도로 태무선에게 달려들었다.

뒤이어 취광남이 두 번째 술병을 꺼내 마신 뒤 들고 있던 술병을 태무선을 향해 냅다 집어던졌다.

'지금!'

자신이 내던진 술병이 태무선의 주먹에 맞아 산산조각 나자 취광남이 조각들 사이로 스쳐지나가며 손을 내밀었다.

부우웅——!

"큭!"

허리를 크게 뒤로 꺾으며 태무선의 권격을 피한 취광남은 그대로 바닥에 나자빠졌다.

'이런 미친놈!'

단순히 휘두른 권격에 담긴 권풍이 취광남을 짓누른 것이다.

가히 말도 안 되는 힘.

한편, 초월은 취광남을 상대하는 태무선의 뒤편으로 다가가 그를 힘껏 끌어안았다.

초월의 초열지옥.

내공으로 만들어낸 엄청난 열기가 태무선을 덮쳤다.

초열지옥의 열기가 어찌나 강렬했는지 태무선과 초월의 옷이 타들어갈 정도였다.

"투신무일체의 10성에 도달하면 어떻게 되는지 내 몸소 보여주마."

지강천은 자신의 두 주먹과 발을 움직이며 투신무를 펼치기 시작했다.

그의 동작은 이미 안 보고도 따라할 수 있을 정도로 익숙했지만, 이번만큼은 달랐다.

'이게 투령무일체의 10성?'

투신무는 화려하지 않다.

오로지 상대를 쓰러뜨리기 위한, 적을 죽이기 위한 무공으로만 만들어져 있었기 때문이었다.

하지만, 이건 심해도 너무 심했다.

"이건……."

"왜 실망스러우냐."

"솔직히 그렇습니다."

"하긴 지금의 네겐 이해할 수 없는 수준의 무공이겠지."

투령무일체 10성의 투신무를 마친 지강천은 태무선에게 다가가 그의 머리를 딱—! 소리 나게 때린 후 말했다.

"언젠가 알게 될 게다. 10성에 접어든 투신무의 진짜 힘을."

투령무일체의 10성.

태무선은 자신을 끌어안은 초월과 맹렬한 기세로 다가오는 취광남의 숨결과 근육의 섬세한 움직임을 느꼈다.

바람의 결이 느껴지고, 호흡 하나하나에 기운이 깃들었다.

투령무일체의 10성에 다다른 투신무를 보여준 지강천이 단순한 주먹질과 발길질을 보여주었던 이유를 이제는 알 것 같았다.

무슨 기교가 필요하겠는가.

일격 하나하나에 태산을 부술 수 있는 기운을 담고 있다면.

쿵—!

태무선의 두 다리가 연무장의 바닥을 뚫고 들어갔다.

한차례 태풍이 몰아치자 초월의 초열지옥이 순식간에 사그라들었다.

뒤이어 태무선의 바로 앞까지 다가온 취광남의 눈이 더할 나위 없이 커졌다.

태무선의 권격이 취광남을 향해 뻗어나갔다.

"켁!"

꽝 소리와 함께 취광남의 신형이 날아가 바닥을 굴렀다.

두 팔을 교차하여 태무선의 권격을 막아냈건만, 온몸이 파르르 떨렸다.

'이게 뭔……'

취광남은 황당하기 그지없었다.

단순한 권격이라 여겼던 태무선의 주먹질.

본능에 의해 온 힘을 다해 방어하지 않았다면, 필시 뼈가 부러졌을 것이다.

초열지옥이 파훼당한 초월도 사정은 비슷했다.

초열지옥이 사그라들기가 무섭게 태무선의 팔꿈치가 초월의 복부를 때렸고, 숨이 막힐 정도의 충격을 받은 초월이 비틀거리며 밀려났다.

'이대로는 절대 못 이겨.'

'저 괴물자식을 어떻게 하지?'

초월과 취광남의 시선이 서로를 향했다.

별다른 대화는 필요하지 않았다.

이미 두 무인이 품은 뜻은 같았기 때문이었다.

생각을 마친 초월과 취광남이 빠르게 움직였다. 그들은 태무선의 좌우를 점하며 매서운 속도로 움직였고, 먼저 움직인 쪽은 이번에도 초월이었다.

열화강권.

타오르는 불길처럼 뜨거운 권강을 오른주먹에 쥔 초월이 몸을 날렸다.

그의 불길을 담은 초월의 권강이 태무선의 안면을 노리고 쏘아졌고, 이에 맞춰 취광남이 빈틈을 노리며 두 손을 펼쳤다.

그때였다.

쿵—!

발을 구른 태무선이 초월을 향해 달려들었고, 그의 오른

214

발이 초월의 정강이를 후려 찼다.
쾅!
도저히 사람의 다리와 다리가 부딪쳐서 난 소리라고는 할 수 없을 정도로 강렬한 폭음성과 함께 초월의 신형이 공중에서 한 바퀴를 돌았다.
태무선은 초월의 머리를 잡아 바닥에 처박은 후 취광남을 향해 몸을 날렸다.
묵색의 잔상이 길게 뻗어지며 용린보를 펼쳐 취광남에게 다가간 태무선이 자신의 주먹에 기운을 담았다.
파천일도격.
쿠우우우웅—!
잿빛의 소용돌이가 태무선의 주먹에서 휘몰아쳤고, 이를 바로 앞에서 목도한 취광남이 울상을 지었다.
"왜 하필 나야?"
꽝—!
방어한다고 했으나 취광남의 신형은 끈 풀린 연처럼 날아가 바닥에 떨어졌다.
무신각의 주인이었던 두 무인을 단 몇 합에 제압한 태무선은 주먹을 폈다 접었다를 반복한 후 숨을 내쉬었다.
"이런 느낌이었나?"
태무선은 사악교의 교단에서 구황경과 벌였던 싸움을 떠올렸다.
그때도 지금과 비슷한 느낌이었지만, 사뭇 달랐다.

"몸은 괜찮으십니까. 주군."

정말로 괜찮지 않아 보이는 쪽은 바닥에 널브러진 취광남과 초월이었지만 연무장으로 올라온 은섬의 눈에는 오로지 태무선밖에 보이지 않았다.

애초에 태무선 외의 사람이 어떻게 되든 큰 관심이 없는 은섬이었기에 그녀는 발치에 닿는 취광남을 아무렇지 않게 넘어선 후 태무선에게 다가섰다.

"무림맹이 방향을 틀었다고 합니다. 사악교를 눈앞에 두고 방향을 비튼 것으로 보아……."

"노리는 건 우리 쪽인가?"

"그럴 가능성이 큽니다."

무림맹은 임시 동맹을 파기하겠다고 전하지 않았다.

그저, 방향을 틀어 동쪽으로 향하고 있었다.

마치 태무선이 어디에 있는지 알고 있다는 듯.

"맞이할 준비는?"

"무림맹이 접근하고 있다는 소식을 각 수장들에게 전달해두었습니다."

"이 두 명을 좀 부탁해. 만주를 만나야겠어."

태무선이 연무장을 빠르게 내려가자 은섬은 바닥에 널브러진 채로 골골거리는 초월과 취광남의 다리를 각각 하나씩 쥐고 계단을 내려갔다.

계단을 내려갈 때마다 초월과 취광남의 머리가 계단을 박아대며 고통에 찬 신음을 흘렸지만 은섬은 크게 개의치 않았다.

한편, 장호련을 만나기 위해 내려온 태무선은 그녀가 이미 자신을 기다리고 있음을 깨달았다.

무신각 앞에 놓인 커다란 마차에 반쯤 올라탄 장호련이 문을 열고 말했다.

"타세요. 가야 할 곳이 있습니다."

"가야 할 곳?"

"은소저에게 들어서 알고 계시듯 무림맹이 방향을 틀었어요. 목표는 저희겠죠."

"그럴 테지."

"그러니 저희도 맞이할 준비를 해야겠죠."

장호련과 마차를 타고 이동한 곳은 기다란 능선이 있는 곳이었다.

길목은 능선을 올라오면서 점점 좁아지는 형태였는데 비탈길의 경사가 꽤 심해서 발끝에 힘을 주지 않으면 올라오기 힘든 길목이었다.

"좌우로는 산세가 험해서 숙달된 무인들도 움직이기 힘들어요. 하지만 산적이라면 얘기가 달라지겠죠."

장호련이 능선을 아래를 내려다보았다.

"길목이 좁아지고 능선의 경사가 꽤나 가파르기 때문에 협공을 하기엔 매우 불리한 지형이에요. 침입자에겐 불리한 지형이고 방어자에겐 최적의 천연요새나 다름없죠."

좌우로 산세가 험하여 웬만한 무인들도 제 실력을 발휘하기 힘들었다.

능선으로 이어지는 비탈길은 천천히 오르는 것도 힘이

벅찬 구간이라 많은 무인들이 움직일 수 없을 뿐더러 방어자에겐 최고의 지형이 아닐 수 없었다.

"저흰 여기서 무림맹을 맞이할 겁니다. 이미 필요한 정보들은 도처에 흘려놨어요."

이미 어떻게 전장을 꾸려나갈지 구상을 마친 듯 장호련은 좌우의 숲속에 녹림십팔채를 이용하여 방어를 할 계획과 마교, 백화궁, 무신각의 무인들을 어떻게 운용할지도 계획해놓은 듯했다.

그녀의 모습을 지켜보던 태무선이 고개를 끄덕이며 민망한 듯 말했다.

"나 없이도 잘 할 수 있겠는걸."

"아뇨."

태무선의 중얼거림에 장호련이 단호하게 고개를 흔들었다.

"이 모든 계획들은 오로지 교주님이 계시기에 가능한 계획이에요. 마교, 녹림, 장강, 백화궁, 무신각. 모두가 교주님을 통해 모인 자들입니다. 교주님은 모두의 구심점이고 버팀목이에요. 그러니 이번 전투에서 가장 중요한 것은."

장호련이 태무선에게 바짝 다가와 그의 가슴을 손가락으로 쿡 찔렀다.

"교주님이에요."

"알았어."

"죽지 마세요. 쓰러지지도 말고 약한 모습도 보이지 마세요. 저와 여기 있는 모두는 교주님께 모든 것을 걸었으니까요."

왠지 어깨가 무거워지는 듯한 느낌이었다.

무언가를 책임지는 일.

지켜야 하는 사람들.

모든 것이 부담스럽게 느껴졌다.

"후."

태무선은 뒷머리를 긁적이며 얼마 안 가 전장이 될 기다란 능선을 주욱 내려다보았다.

* * *

"미친 거 아니야? 무림맹을 상대로 전쟁이라니……."

"누가 아니래."

"그래도 어쩌겠냐. 채주님의 명령이야. 죽이 되든 밥이 되든 우린 채주님을 따르기로 했으니, 따라야지."

"할 수 없지."

머리와 어깨에 녹색의 띠를 두른 산적들은 자신들의 산을 내팽개치고 각자의 소지품과 무기를 챙겨 이동을 시작했다.

산적들의 이동은 그들뿐만이 아니었다.

이름난 산적들이든 이름 없는 산의 산적들이든 어깨와 머리에 녹색의 띠를 두른 산적들은 하나도 빠짐없이 한곳으로 모여들기 시작했다.

그들이 자신들의 산을 버리고 무거운 발걸음을 옮기기

시작한 이유는 녹림십팔채의 소집령 때문이었다.

녹림에선 절대적인 규율이 하나 있었는데, 그것은 바로 녹림채주인 거웅 황룡산의 소집령을 거부해서는 안 된다는 것이었다.

산적들은 저마다의 길목을 통해 소집령이 내려진 산으로 하나둘씩 모여들기 시작했다.

"하아암. 그래 차라리 싸워볼 거 무림맹이라 싸워보는 것도 나쁘진 않지."

"누가 아니래? 만약 살아남는다면 무림맹이랑 싸워 살아남은 산적들이 되는 게 아닌가?"

"크흐! 그것도 나쁘지 않군."

산적들은 두려워하기보다는 무림맹과 싸워본다는 호기심과 흥분에 가득 찼다.

비록 지금은 사악교에 의해 중원의 뒤편으로 물러났던 무림맹이지만, 그들은 어디까지나 정파 무림의 대표요.

중원 무림의 패자 중 한곳이었다.

"자 가자고 더 늦기 전에."

"채주께서 늦는 놈들은 가만두지 않을 거야."

"서두르자고."

"소집령이 내려왔나 보지?"

서둘러 소집령이 내려온 산으로 발걸음을 옮기던 산적들은 난데없이 나타난 중년인을 보며 경계 어린 시선을 보냈다.

중년인은 너덜너덜한 옷과 함께 한쪽 허리에는 검을 차

고 있었고, 오른쪽 소매는 허전한 것이 외팔이로 보였다.

잠시 중년인을 위아래로 살피던 산적 우두머리는 콧수염을 씰룩이며 웃었다.

"흥! 너도 녹림의 산적이 되고 싶은 게냐."

"되고 싶진 않지만, 산적 중에 만나고 싶은 사람은 있지."

"만나고 싶은 사람? 그게 누구냐."

"거웅."

"거웅? 거… 뭐라고!? 지금 거웅이라 했냐!"

"그래. 거웅 황룡산. 내가 만나고 싶은 자는 바로 그 자다."

"이놈이 더위를 잘못 먹었나 감히 녹림의 왕이신 채주님의 이름을 함부로 부르다니. 목숨이 아깝지 않은 모양이지!?"

우두머리가 자신의 허리춤에서 박도를 꺼내 중년인의 목에 겨누며 눈을 부라렸다.

하지만 자신의 목에 칼날이 들이밀어졌어도 중년인의 얼굴은 담담했다.

"나를 소집령이 내려진 산으로 안내해라."

"미친놈! 뒤지고 싶냐!"

"너도 목숨은 아깝겠지."

"당연한 소리를……!"

툭─!

뭔가가 바닥으로 떨어져 땅에 박히는 소리가 들려오자

우두머리가 고개를 숙였다.

그곳엔 자신의 박도였던 칼날이 바닥에 떨어져 발치에 박혀 있었다.

"엥?"

박도를 들어올린 우두머리는 손잡이만 남은 자신의 박도를 보며 의아한 표정을 지었다.

'내가 무기 손질을 게을리 했나?'

무기 손질을 너무 게을리 한 탓일까.

박도의 칼날을 잃어버린 우두머리는 괜스레 민망한 듯 박도를 슬그머니 거둔 후 이번엔 한손 도끼를 꺼냈다.

"흠흠! 이놈 죽고 싶냐!"

툭—!

이번에도 도끼의 날붙이가 툭 떨어져 사내의 발치에 박혔다.

두 번이나 이런 현상이 벌어지자 우두머리의 이마에서 식은땀이 흐르기 시작했다.

'두 번이나… 이게 우연이 아니라면.'

우두머리의 시선이 저절로 중년인의 하나 남은 왼팔로 향했고, 그의 왼손은 검의 손잡이 부분을 쥐고 있었다.

"더 꺼내볼 건 없는 건가?"

중년인의 물음에 사색이 된 우두머리가 뒷걸음질을 쳤다

"너, 넌 누구냐!"

"너희 두목과 볼일이 있는 사람."

*　　*　　*

"기분이 묘하네."

"그러게."

"이렇게나 많았다니. 몰랐어."

"대부분이 사에서 활동하는데다가 무인들 앞에서는 모습을 보이지 않으니 그럴 만도 하지."

혁우운의 활약으로 산적들의 뒤를 따르게 된 제갈원준과 오유하, 노진과 장용성, 오유하는 길게 이어지는 거대한 녹색 행렬들을 보며 입을 떡 벌렸다.

녹림십팔채가 이름과는 다르게 수십, 수백 개의 산적채로 이루어져 있다는 얘기를 언뜻 들은 기억이 있었는데, 이렇게 많은 산적들이 존재할 줄은 몰랐던 것이다.

하나같이 이마와 어깨부근에 녹색의 띠를 두른 산적들은 산란기의 연어들처럼 소집령이 내려온 산을 향해 거슬러 올라가는 중이었다.

"그나저나 거웅이라니."

제갈원준의 목소리에서는 흥분이 느껴졌다.

그도 그럴 것이 현 무림에서 가장 활발하게 활동하는 무림오강 중 한 명이 바로 녹림의 거웅 황룡산이었다.

살아 있는 무림오강이 두 명이나 한자리에 모이는 것은 참으로 이례적인 일이었다.

약 이틀간 혁우운과 제갈원준 그리고 나머지 일행들은 산적들의 행렬을 따라 각암산이라는 곳에 도착했다.

산세가 매우 험하고, 나무나 수풀 대신 기형적으로 생긴 바위들이 솟아난 각암산에는 이미 전 중원에서 모여든 산적들로 가득했다.

특히나 각암산의 중턱에 있는 널찍한 바위에 이름난 산의 산적채주들이 모여 있었고, 그들의 중심에는 한 남자가 팔짱을 낀 채 바위를 의자 삼아 앉아 있었다.

녹령환부를 옆에 끼고 술병의 목을 쥔 남자.

거웅 황룡산.

"나는 산적들을 불렀는데 웬 외팔이가 왔나? 외팔이 산적도 있었던가?"

히죽거리는 황룡산의 물음에 혁우운이 산적들을 제치고 앞으로 나아가 황룡산의 앞에 섰다.

"못다 한 싸움을 끝내자고 온 건 아닐 테고."

황룡산의 시선이 허전한 혁우운의 오른 소매를 향했다.

"오른팔은 어디 갖다 팔아먹었나?"

"방심했다."

"방심이라… 천하의 천기단주도 방심이란 걸 하나보지?"

황룡산의 입에서 천기단주라는 이름이 흘러나오자 산적들의 시선이 매서워졌다.

그들은 당장에라도 혁우운을 물어뜯으려는 듯 매서운 기세를 흘리며 자신들의 무기에 손을 가져다댔다.

그럼에도 혁우운은 전혀 주눅 들지 않은 채 황룡산을 똑
바로 바라보며 말했다.

"난 네게 볼일이 있는 게 아니다."

"내게 볼일이 없으면서 나는 왜 찾아왔나?"

"마교의 교주를 만나러 왔다."

"예전에도 그렇고, 이번에도 그렇고… 왜 내게서 마교의
교주를 찾는 거야?"

"그의 힘이 필요해."

히죽거리던 황룡산이 입가에서 미소를 지웠다.

대신 진중해진 얼굴로 자리에서 일어나 혁우운을 향해
다가섰다.

"마교주의 힘이 필요하다니 그게 무슨 뜻이지. 알아듣기
쉽게 설명해."

"이곳에서 말하기는 곤란한 얘기다."

"아아."

황룡산이 손을 가볍게 들어올리자 산적들이 일제히 자리
를 벗어나기 시작했다.

순식간에 각암산의 중턱에 넓고 한적한 공터가 생겨났
고, 황룡산은 자신의 옆자리를 안내하며 말했다.

"이젠 말할 수 있겠지."

잠시 뜸을 들이며 망설이던 혁우운은 황룡산의 옆자리에
앉았고, 혁우운이 자리를 잡자 황룡산이 턱을 살짝 들어올
리며 팔짱을 꼈다.

자신은 들을 준비가 되어 있다는 무언의 표시였다.

마음을 정리하는 걸까.

쉽사리 얘기를 꺼내지 못하던 혁우운은 긴 심호흡을 마치고 나서야 입을 열 수 있었다.

"검신께서 쓰러지셨다."

"그건 나도 알아. 설마 그 얘기하려고 여까지 온 건 아니겠지?"

"맹주의 짓이다."

여유롭게 혁우운의 얘기를 듣고 있던 황룡산의 얼굴이 단번에 굳어졌다.

"뭐라고?"

죽은 자의 목소리

"미친놈이군."

얘기를 전부 전해들은 황룡산은 가래침을 내뱉으며 인상을 찡그렸다.

비록 자신이 산적으로 살아오며 온갖 악행은 전부 저질러봤다지만, 절대 하지 않는 짓이 있었다.

그것은 바로 어린아이를 죽이지 않을 것.

여인을 겁탈하지 않을 것.

가족을 죽이지 말 것.

이렇게 세 가지는 황룡산이 무법의 세계라 할 수 있는 녹림의 산적들에게 공표한 일종의 법이었다.

그런데 정의를 수호하고자 만들어진 정파 무림의 대표가 자신의 할아버지를 제 손으로 죽이려 했다니.

기가 막힐 노릇이었다.

"사실이냐?"

"내가 직접 보았고, 그 때문에 나는 검신을 살해하려 했다는 죄목으로 죄인이 되었다. 내 유일한 증인은…….."

"주화입마에 빠져 식물인간이 되었다는 거지."

"그래."

자신이 반평생 몸을 담고 있던 천기단은 자신을 배반했다.

유일한 증인이라고 할 수 있는 것은 주화입마에 빠져 사경을 헤매고 있는 구황목이 유일했으니, 그가 정신을 차리지 않는 이상, 혁우운은 평생 죄인으로 살아가야만 했다.

"그래서 우리 꼬맹이 교주는 왜 만나려는 거냐."

"생불귀현수."

"생불… 뭐?"

"생불귀현수라는 술법이 있다. 타인의 혼천진기를 이용해 주화입마에 빠진 자의 정신을 잠시동안 온전하게 만들 수 있지."

"혼천진기? 잠깐만 너 설마 혼천진기를 사용해 검신을 깨울 생각이야? 혼천진기를 사용하는 게 뭘 의미하는지 모르는 것도 아니잖아."

혼천진기(魂天眞氣) 혹은 선천진기.

사람이 태어나면서부터 지니게 되는 생기(生氣)를 뜻했다.

인간이 죽기 직전 회광반조를 보이는 것도 이 혼천진기를 마지막에 모두 소진함으로써 나타나는 현상이라 할 수 있는데, 혼천진기를 사용한다는 것은 곧 그 사람의 생명력을 소진시킨다는 것과 다름없었다.

그리고 그 말은 즉, 혁우운은 주화입마에 빠진 구황목을 그의 혼천진기를 사용해 깨울 생각이라는 말이고, 혼천진기가 다하는 순간, 구황목은 죽는다.

"나는 구황천을 막아야 한다. 천륜을 저버린 자가 뭘 꾸미겠나."

"알게 뭐야. 어쨌든 네 말은 구황목을 생불 뭐시기로 깨우기 위해서는 식물인간이 된 구황목을 맹주에게서 빼내야 된다는 거잖아."

"그래."

"말은 쉽지. 네가 하는 말이 맨몸으로 불구덩이에 뛰어들라는 거랑 뭐가 다르냐."

"그래서 마교주의 도움이 필요한 거다. 그자가 시간을 끌어주면 내가 직접… 검신을 데리고 나오마."

혁우운의 제안에 황룡산은 고민에 빠졌다.

만약 그의 말이 사실이라면 이는 보통 일이 아니었다.

구황천이 천륜을 저버리고 구황목의 내공을 전수받자마자 그를 죽이려했다.

"그나저나 저 꼬맹이들은 뭐야?"

"마교주와 연을 맺고 있는 아이들이다."

"쯧. 발도 넓어, 세상만사가 귀찮은 게으른 꼬맹이가."

백화궁부터 무림맹의 젊은 후기지수까지.

태무선은 가는 곳마다 새로운 인연을 만들고 나타났다.

그게 복인지 아니면⋯⋯.

"일단 가지. 어차피 나도 마교 꼬맹이를 봐야 하니까. 대신, 나를 이용해 태무선의 위치를 알아내려던 속셈이라면 남은 팔 한 짝도 잘리게 될 테니 각오하고."

"그런 일은 없을 거다."

"그럼 가보자!"

황룡산이 자신의 녹령환부를 들고 우렁차게 외치자 각암산 곳곳에서 숨죽여 대기하고 있던 수많은 산적들이 일제히 모습을 드러냈다.

* * *

"그 가격에는 조금 곤란한데."

"싫으면 어쩔 수 없죠. 저도 급한 건 아니니까요."

"으으!"

해산문은 장부를 손에 쥔 채 자신의 앞에 놓여있는 열 대의 수레를 바라봤다.

물자들로 가득한 수레에는 각종 육포와 물, 술들이 가득 담겨 있었다.

길어질지도 모르는 전투에 필수적인 물자들임에는 분명했지만, 문제는 가격이 너무 높았다.

'이 가격에 거래했다가는 장호련이 날 죽이려 할 텐데.'

이 정도 가격에 물자들을 구입했다가는 장호련이 해산문을 죽이려 들게 뻔했다.

어떻게든 가격을 깎아보려 은근슬쩍 시선을 던져봤지만, 물자를 싣고 나타난 여인은 단호하게 고개를 가로저었다.

"안 그래도 요즘 무림맹도 그렇고, 사악교에서도 그렇고… 전쟁 물자를 원하는 곳이 한두 곳이 아니에요. 이제는 부르는 게 값이니 이 정도 가격이면 꽤나 저렴한 거라고요."

"어쩐다……."

물자는 무조건 가져가야 했다.

하지만 이 물자들을 모조리 구입하면 그동안 모아온 모든 돈들을 전부 날려버려야 했다.

전쟁에 승리한다는 보장이 없는 상황에서 물자들을 전부 사들이는 도박을 한다?

어느새 장사꾼이 다 된 해산문은 머릿속에서 열심히 주판을 굴려댔다.

한편, 해산문이 쉽사리 결정하지 못하고 머리를 굴리는 것을 확인한 여인은 수레를 반쯤 덮고 있던 천을 완전히 덮은 후 소리쳤다.

"아무래도 고객님께서 구입을 안 하실 모양입니다. 모두 철수하세요. 상하기 전에 더 나은 고객과 만나야 합니다!"

미련이 없다는 말이 사실이었는지 여인은 말 그대로 미련 없이 수레를 이끌고 돌아섰다.

그러자 해산문이 급히 여인을 멈춰 세웠다.

"자, 잠깐 기다려보게!"

"살 마음이 생기셨나요?"

"대신 아주 조금만 깎아주면 안될까? 안 그래도 우리 부하… 아니, 직원들에게 봉급조차 제대로 주지 못해서 그러네. 그러니까……."

"그건 그쪽 사정이죠. 같은 장사치끼리."

여인이 어깨를 으쓱이며 돌아서자 해산문의 주먹 쥔 손이 부르르 떨렸다.

과거라면 당장 약탈했을 물자들이었으나, 이미 상인의 길에 들어선 해산문은 더 이상 상인들을 약탈할 수 없었다.

'끄으윽! 만주나 태무선 그놈이 아니었다면, 저 버르장머리 없는 꼬맹이를 손봐주는 건데!'

"자, 저 갑니다?"

여인이 수레를 이끌고 제자리걸음을 시작하자 해산문이 고개를 푹 꺼뜨렸다.

그때 고심하는 해산문의 곁으로 은근슬쩍 다가온 여인이 조용히 속삭였다.

"사실 깎아줄 방법이 아예 없는 것은 아닌데……."

"그, 그게 정말이냐?"

"네."

"그게 무엇이냐. 내게 말해 보거라!"

해산문이 신이 나서 묻자 여인이 빙긋 웃으며 은근한 목소리로 말을 건넸다.

"대협께서 비역만주의 아래에서 일하고 있음을 알고 있습니다. 이 물자들도 전부 그분께 가는 것이겠죠?"

이미 다 알고 있다는 듯한 여인의 모습에 해산문은 볼을 긁적이며 여인의 시선을 회피했다.

그러자 여인이 볼을 살짝 부풀리며 다시 한번 멀어졌다.

"싫으면 말아요. 저희도 손해 볼 건 없으니."

"제길… 그래 네 말이 맞다. 그런데 어쩌라는 게냐?"

"저를 만주와 만나게 해주세요!"

"뭐… 뭐? 만주는 왜?"

"그분과 만나서 나눠야 할 얘기들이 많아요. 알아야 할 것들도 많고요. 그러니 만주를 만나게 해주세요. 그럼 이 물자들을 전부 절반가격에 드릴게요."

"절반!?"

이미 물자들의 가격은 시세보다 낮은 편이었다.

그런데 시세보다 낮은 가격의 물자들을 절반가격에 살 수 있다?

장강물이 전부 빠져 금물이 들어버린 해산문의 눈빛이 반짝였다.

"좋다. 만주를 만나게 해주마."

"좋아요!"

협상이 타결되자 여인의 물자를 실은 수레들이 곧바로 배 위에 실어졌다.

물자를 절반가격에 구입한 해산문은 남은 금전들을 주머

니 속에서 만지작거리며 뿌듯해했다.

'자신에 대해서는 함구하라했지만, 이 정도 물자를 절반 가격에 떼 왔으니 뭐라 하진 않겠지.'

다행히 여인은 상단의 수행원들은 모두 놔두고 단 한 명의 호위무사만을 자신의 곁에 둔 채 배 위에 올라탔다.

이렇게 되면 만주에 대해서 알게 되는 것은 저 여인과 호위무사뿐이니 꽤나 수지맞은 거래가 아닐 수 없었다.

'이렇게 혼나나 저렇게 혼나나 똑같다면 물자라도 가져가야지. 암 그렇고말고.'

금전을 남겨먹은 해산문은 남은 금전을 품속에 소중히 모셔둔 채 출항을 개시했다.

"자 가자!"

"예!"

해산문의 외침에 선착장을 떠난 배는 순풍을 맞아 빠르게 나아갔다.

한편, 배의 갑판에 올라선 여인은 불어오는 강바람에 온몸을 맡긴 채 밝은 미소를 지어보였다.

'드디어 만난다.'

연가문의 상단을 이끄는 삼귀녀의 막내, 연소하.

그녀는 드디어 만나게 된 비역만의 만주를 머릿속으로 그려가며 상상의 나래를 펼쳤다.

그리고 연소하의 곁에는 한 호위무사가 검을 품에 끌어안은 채 그녀의 뒤를 지켰다.

그들 모두를 태운 배는 거칠 것 없이 나아갔다.

그 무렵, 마중혁은 자신의 앞에 도열한 흑의 무인들을 응시했다.

"너희의 이름이 무엇이냐."

"귀영입니다."

"그래 너희들은 탈혼귀영대의 일원으로서 마교에 충성하고 목숨을 바칠 준비가 되어 있는 마교의 정예 무인들이다."

"예."

"우리의 적은 너희들도 잘 알고 있다시피 무림맹과 사악교다. 솔직히 말하자면 그 둘 중 어느 곳도 우리 마교보다 약한 이들은 없다. 하지만 그렇다고 마교가 더 약하다는 뜻은 아니다."

탈혼귀영대의 무인 한 명 한 명을 정성스럽게 훑어보며 검을 세운 마중혁은 이를 드러내며 말했다.

"우린 이리가 될 것이고, 우리의 적들은 승리하되 승리할 수 없을 것이며, 패배하되 곱게 죽지 못할 것이다."

쿵— 쿵—!

마중혁의 말이 끝날 때마다 탈혼귀영대의 무인들이 발을 굴렀다.

흑색의 이리가 그려진 갑옷을 걸친 탈혼귀영대는 들개의 문양을 얼굴에 새겼다.

"자 가자. 영광스러운 전투를 위해."

"존명."

마중혁이 자신의 도를 등에 메며 탈혼귀영대의 상징이라

할 수 있는 이리의 갑옷을 걸치고 얼굴에는 묵색 들개의
문양을 새겼다.

마교에서는 탈혼귀영대를 포함한 마교의 무인들이 나섰
다.

북쪽에서는 산적들이.

서쪽에서는 물자를 실은 상인이 된 수적들이.

동쪽에서는 마교의 정예 무인들이 단 한곳을 향해 모여
들었다.

* * *

"몸은 어떠시더냐."

"여전히 의식을 찾진 못하셨습니다."

"나가보거라."

"예."

백화궁으로 돌아온 진사은은 궁주의 방으로 들어섰다.

화려한 꽃문양으로 장식된 궁주의 방에서는 은은한 꽃향
기가 코끝을 스쳐지나갔다.

걸음걸음마다 꽃내음은 매번 달라졌고, 궁주는 백색의
침대에서 백색의 이불을 덮고 마치 조각처럼 잠들어 있었
다.

색색거리는 숨소리만이 그녀가 살아 있음을 나타내주었
다.

"몸은 괜찮으십니까."

진사은은 대답 없는 질문을 던지며 궁주의 얼굴을 부드럽게 쓰다듬었다.

여전히 온기가 느껴지는 얼굴이었지만, 궁주는 벌써 몇 년째 자리에서 일어나지 못하고 있었다.

"제가 궁주님께 온 이유는 사죄를 드리기 위함입니다."

소궁주는 이불속으로 손을 넣어 부드럽고 따스하지만, 다소 굳어 있는 듯한 궁주의 손을 맞잡았다.

"저는 백화궁의 미래를 걸고 한 남자를 믿어보려고 합니다."

금남의 구역.

백화궁의 소궁주는 궁주에게 인사를 올린 후 궁주의 목에 걸려 있는 궁주의 상징인 화륜경패(花侖頸牌)를 조심스럽게 빼어들었다.

그리곤 궁주를 향해 반쯤 다문 입으로 말했다.

"그러니 한 번만 날 믿어줘. 언니."

궁주의 상징인 화륜경패를 목에 건 진사은은 백화궁을 빠져나왔고, 그녀의 목에서 반짝이는 화륜경패를 본 백화궁의 여인들이 일제히 고개를 숙였다.

그동안 백화궁의 궁주직을 마다하며 소궁주로만 머물렀던 진사은이 마침내 궁주의 패를 직접 목에 걸었다.

이를 뜻하는 것은 명확했다.

백화궁의 궁주가 돌아왔다.

"백화검수를 준비하거라."

"알겠습니다."

어디까지나 백화궁의 궁주가 내리는 명령은 절대적.

의구심을 품어서도 반기를 들어서도 안 된다.

백화궁에서는 백여 명의 여 무인들이 채비를 갖춘 채 진사은의 앞에 도열했다.

그녀들은 저마다 꽃으로 장식된 검을 허리춤에 꽂고 각양각색의 꽃이 수놓아진 백색 무복을 입은 채 진사은의 명령을 기다리고 있었다.

어느새 백화검수와 비슷한 무복으로 옷을 갖춰 입은 진사은이 자신의 검을 허리춤에 꽂아 넣은 후 말했다.

"우린 전쟁을 하러 간다. 많은 이들이 죽을 것이고, 백화궁의 피를 흘리게 될 것이다."

백화검수의 눈동자는 흔들림이 없었다.

그저, 자신들의 궁주인 진사은의 명령만을 기다리고 있을 뿐.

"강요하지 않겠다. 승리가 보장된 싸움이 아니며, 화한 미래가 기다리고 있는 것도 아니다. 그러니, 두렵다면 물러나도 좋다."

백 명의 백화검수 중 단 한 명의 여인도 뒤로 물러서지 않았다.

그들은 백화궁을 지키는 백 명의 여검수.

언제든 궁주를 위해 검을 쓸 준비가 되어 있는 자들이라.

"그럼 나아가자."

궁주인 진사은을 선두로 백 명의 백화검수가 그녀들이

오랫동안 지켜온 백화궁을 떠나 중원으로 발을 내디뎠다.

백화궁을 떠나기 직전 진사은은 숲속의 비밀궁전인 백화궁을 마지막으로 쓸어보았다.

걱정 마.

아무 이유 없이 전쟁을 벌이려는 것은 아니니까.

단지, 이젠 문을 열어야 할 때가 온 것 같아. 그러니, 나를 한번만 믿어줘.

백화궁은 폐쇄적인 집단이었다. 존재하되 존재하지 않는 것처럼 그들 스스로가 몸을 웅크린 채 외부와의 단절을 유지했다.

하지만 궁주인 진가은을 살리기 위해 중원을 돌아다녔던 진사은은 비로소 알게 되었다.

세상을 보고 왔으며, 세상이 어떻게 움직이고 있는지를 보았다.

그리고 진사은은 결심했다.

백화궁은 더 이상 외부인이 되지 않을 것을.

백화궁이 무겁게 닫혀 있던 문을 열고 나가기 위해서는 그들을 맞이해 줄 세상이 존재해야 했다.

그러니 진사은은 그 세상을 자신의 손으로 만들어볼 생각이었다.

"오래 걸리진 않을 거야."

돌아선 진사은의 눈동자가 붉게 빛났다.

"내가 그렇게 만들 테니."

남쪽에선 백화궁의 백화검수들이 목적지를 향해 전진했다.

* * *

방어선을 구축하고 진지를 세웠다.

발에서 땀이 나도록 밤새 전장을 돌아다니던 장호련은 자신의 금발머리를 쓸어올리며 피로함에 하품을 하면서도 다시 한번 전장을 돌아보았다.

계속해서 전해지는 소식에 의하면 무림맹은 멈추지 않고 전진하며 그 사이에 만나는 정파 소속의 문파들과 무인들을 거둬들이고 있다고 전해졌다.

이미 강력한 무림맹의 전력이 시간이 지남에 따라, 거리를 좁혀옴에 따라 더욱 강해지고 있었다.

장호련은 푸른빛의 눈동자로 세상을 넓게 봤다.

"아무리 생각해봐도 이길 수 없겠는걸."

할 수 있는 건 전부 다 해봤다고 생각했는데, 아무리 생각해도 이길 수 있는 방법이 떠오르질 않았다.

상대는 무림맹.

정파 무림의 정수라고 할 수 있는 존재였으니, 세상 곳곳에 세워진 정파 문파들이 앞 다퉈 무림맹의 부활의 선두에 서려고 하고 있었다.

가만히 있어도 무인들이 줄을 서서 합류하려는 무림맹과는 달리 마교는 조용했다.

어찌 보면 당연한 일이었다.

정파는 무림맹.

사파는 사악교.

이미 두 파가 정과 사를 나눠먹고 있는 상황에서 마교에 합류하여 부질없는 희생을 당할 이유가 없지 않은가.

"하!"

무너지려는 마음을 다시 일으켜 세운 장호련은 양손으로 자신의 뺨을 살짝 때렸다.

"할 수 있어. 아니 해야만 해."

자신의 뺨을 두드리며 정신을 차리려는 장호련의 곁으로 총호가 다가왔다.

그녀는 조심스러운 발걸음으로 다가와 장호련에게 말을 건넸다.

"만주님 해산문 대협이 돌아오셨습니다. 수레들과 함께 왔더군요."

"물자확보에는 문제가 없었던 모양이네. 다행이야!"

다시 한번 중원에서 무인간의 큰 전쟁이 벌어진다는 소문이 나돌자 식량이나 전쟁에 관련된 물자들의 값이 폭등했다.

그동안 모아온 금화가 상당했지만, 전쟁 물자는 소모품이었으니, 전쟁이 끝나고 나면 부질없어지는 물자들이었다.

즉, 한번 쓰이면 끝나는 소모품.

물자를 위해 큰돈을 들였다가는 전쟁 이후를 버틸 수 없었으니, 장호련은 어떻게든 전쟁에 쓰이는 물자에 쓰이는 돈을 아끼려했다.

그런데 아무래도 해산문이 적당한 가격에 물자들을 구한 모양이었다.

"만주!"

저 멀리서 열 대의 수레를 이끌고 모습을 드러냈다.

해산문은 자신의 허연 이를 위아래로 모조리 드러내며 손을 흔들고 있었는데, 물자를 확보해온 것이 어지간히도 자랑스러운 모양이었다.

"물자들은 모두 확인했나요?"

"옮기는 동안 모두 확인했어. 최상품까진 아니더라도 상등품은 될 만한 물자들이야."

해산문이 팔짱을 낀 채 의기양양한 표정을 지었고, 장호련은 가볍게 미소 어주며 물자들과 장부를 번갈아봤다.

"음?"

그런데 뭔가 이상했다.

물자들은 틀림없이 도착했는데, 장부에 기록된 값이 예상한 것 이상으로 저렴했다.

이유를 묻는 듯한 장호련의 눈빛에 의기양양하던 해산문이 멋쩍은 얼굴로 목을 긁적였다.

"그게 말이지."

"어떻게 이 가격에 물자들을 구한 거죠?"

"그… 협상을 했거든?"

"협상이요?"

해산문과 장호련의 대화가 이어지는 사이 수레들 사이에서 한 여인이 모습을 드러냈다.

그녀는 처음엔 쭈뼛거리다가 금발청안을 한 장호련을 발견하고는 크게 놀란 모습이었다.

온갖 진귀한 물건들과 다양한 사람들을 만나왔던 상단의 여식이었어도 색목인을 보는 것은 처음이었을까.

연소하는 조심스러운 발걸음으로 장호련에게 다가가 예를 보였다.

"연가문의 세 번째 여식, 연소하라고 합니다. 비역만의 만주를 뵙고자 이리 찾아왔습니다."

"반가워요. 전 비역만의 만주인 장호련이라고 합니다."

반갑게 인사를 나누면서도 장호련은 해산문을 노려봤고, 해명을 요구하는 듯한 그녀의 매서운 시선에 해산문이 급히 둘러댔다.

"만주를 만나게 해주면 이 물자들을 절반가격에 내준다 길래 그만……."

그제야 상황이 어떻게 돌아가는지 눈치챈 장호련은 고개를 살짝 끄덕이며 자신을 찾아온 당돌한 여인을 살폈다.

"저를 만나고 싶으셨다고요?"

"네! 꼭 비역만의 만주님을 뵙고 이야기를 나누고 싶었습니다."

"좋아요. 저희도 믿음직스러운 상인이 필요하던 찰나였

으니 잘됐네요. 이쪽으로 오시겠어요?"

"아. 네!"

장호련의 안내를 받아 커다란 천막으로 들어선 연소하는 천막 곳곳에 비치된 지도들을 살펴보며 복잡한 표정을 지었다.

'이건 마치⋯⋯.'

연소하의 표정을 통해 그녀의 생각을 읽어냈는지 장호련이 가벼운 웃음과 함께 말했다.

"마치 전쟁을 준비하는 것 같죠?"

"네. 혹시 전쟁물자를 거래하시려는 건가요?"

"아뇨."

"그럼⋯⋯."

"제가 필요하여 구입한 겁니다."

"만주님이요? 설마 비역만의 만주님께서 전쟁을 준비하시는 건가요?"

"보다 정확히 말하자면 제가 아니라 저 분이 준비하시는 거죠."

장호련의 손짓에 고개를 돌린 연소하는 천막을 열고 나타난 한 사내를 발견하고는 눈을 동그랗게 떴다.

놀란 쪽은 연소하만이 아니었는데, 그녀의 곁에서 호위무사로 따라나선 비류의 얼굴에도 놀라움이 가득했다.

"음?"

천막으로 들어선 이는 잊으려야 잊을 수 없는 그 얼굴.

태무선이었다.

"너, 네가 왜 여기에!?"

화들짝 놀란 연소하가 태무선을 가리키며 묻자 태무선은 눈을 깜박이며 말했다.

"그건 내가 할 말이야. 넌 여기서 뭐하는 거야?"

"그야… 설마……."

그제야 자신이 있는 곳이 마교의 중심이라는 것을 알아차린 연소하의 얼굴이 하얗게 질려갔다.

처음엔 비역만이 전쟁 물자를 준비 중이라기에 전쟁이란 특수를 노린 비역만이 전쟁물자를 거래함으로써 이득을 취하려 한다고 여겼다.

그래서 이참에 비역만주를 만나 동서양의 교역로에 대한 지식을 배우려고 했는데.

난데없이 나타난 태무선으로 인해 모든 게 틀어졌다.

아니, 이미 애초에 모든 게 꼬였다.

"설마 여기… 마교야?"

마치 아니라고 말해달라는 듯한 연소하의 모습에도 태무선은 매정하리만큼 단호하게 고개를 끄덕였다.

"맞아."

"아아! 내가 미쳤지!"

그동안 마교와 엮여 있다는 소문을 떨쳐내기 위하여 연가문이 얼마나 노력했는가.

장원은 박살났고, 거래처들은 마교와 연관이 있다는 소문 때문에 연가문과 손절했다.

이를 복구하기 위해 부단히 노력하여 이제야 빛을 보는

가 했더니, 결국 태무선에게로 오고야 만 것이다.

"그럼 저는 이만 가보겠습니다. 하하……."

여기서 더 엮였다가는 연가문이 회생불가에 빠질지도 모른다는 생각에 연소하가 어색한 미소를 지으며 천막을 빠져나가려하자 장호련이 연소하를 가리키며 말했다.

"교주님 그 여자를 막으시죠."

"얘를?"

"네. 보아하니 교주님과 연이 있는 여인인 것 같은데. 이미 그녀는 저희의 전략들을 두 눈으로 본 상태입니다. 이대로 무림맹으로 가지 않으리란 보장은 없잖아요?"

"아, 아뇨! 전 절대로 무림맹에 가지 않을 겁니다!"

연소하가 두 손을 빠르게 저으며 부정했지만 장호련은 가소롭다는 듯 피식 웃으며 연소하에게로 다가갔다.

"나는 상인을 믿지 않아요. 왜인지 알아요?"

꿀꺽―

연소하가 마른침을 삼키며 고개를 가로젓자 장호련이 부드러우면서도 신비로운 웃음을 지으며 말했다.

"내가 상인이기 때문이에요."

상인은 상인을 믿지 않는다.

이는 아주 오랫동안 상가에 내려오는 격언이었다.

"이렇게 된 이상 연가문도 협력을 해주셔야겠어요. 그게 아니라면 우리의 싸움이 끝날 때까지 얌전히 이곳에서 가만히 있어 주시든지요."

"네……."

도망갈 방법이 마땅히 떠오르지 않자 연소하는 울상진 얼굴로 고개를 끄덕였다.

황금빛 미래를 그리며 비역만의 만주를 찾아왔더니 이곳은 호랑이 소굴이나 다름없었다.

하릴없이 이곳에 짐을 풀게 된 연소하는 장호련의 호의로 천막을 하나 받을 수 있었다.

"그나저나… 잘 지냈어?"

아주 오랜만에 만나게 된 태무선을 향해 연소하는 어색한 인사를 건넸다.

"그럭저럭."

"으음."

연소하는 오 년 만에 마주하게 된 태무선을 보며 묘한 기분이 들었다.

과거에 비해 태무선은 키가 더 컸다. 덩치도 한 뼘 이상은 더욱 커진 듯 보였고, 뒤로 묶은 머리는 더욱 길어져 이제는 허리춤에 닿을 정도였다.

외모는 크게 변하지 않았지만, 눈빛이 달라졌다.

'예전에는 썩은 동태눈이었는데.'

과거, 연가문을 찾아왔던 태무선의 두 눈은 썩은 동태눈깔이나 다름없었다.

모든 게 권태롭고 귀찮아 보이던 무료한 눈빛은 온데간데없어지고, 지금은 깊은 호수를 보는 듯 깊은 눈동자가 태무선의 두 눈에 박혀 있었다.

"그런데 정말로 무림맹과 싸울 생각이야?"

"아마도."

"……."

연소하는 입을 다물었다.

그녀는 무림에 대해서는 까막눈이지만 무림맹이 어떤 존재인지만큼은 잘 알고 있었다.

물론, 태무선이 강하다는 것은 몸소 겪었으나 무림맹은 개인의 강함으로 이길 수 없는 존재였다.

"이길 수 있어?"

"글쎄."

"글쎄라니! 그럼 나는 어떻게 해!?"

"걱정 마. 진짜 싸움이 시작되면 비류와 함께 여기서 벗어나게 해줄 테니까."

"너는 어쩌려고?"

"난 싸워야지."

자신은 감히 상상조차 할 수 없는 무림맹과의 전쟁을 담담하게 늘어놓는 태무선을 보며 연소하는 여전히 묘한 기분이었다.

'남자다워진 건가.'

괜스레 볼이 붉어졌다.

혹시나 자신이 오 년 만에 만난 태무선을 남자로 여기고 있는 걸까.

주책맞게 두근거리는 가슴에 손을 올린 연소하는 먼 곳을 응시하는 태무선을 바라봤다.

그때 멀리서 백색의 단발머리를 한 여인이 태무선과 연

소하를 향해 다가왔다.

'이쁘다.'

햇빛을 받은 백색머리는 밝게 찰랑였고, 그 사이로 드러난 하얀 피부의 여인은 매우 아름다웠다.

그녀는 똑바로 걸어와 태무선의 앞에 섰다.

"마중혁과 마교의 무인들도 도착했습니다. 지금, 전열을 정리하고 있습니다."

"응. 머리 잘랐네."

태무선이 은섬의 짧아진 머리를 가볍게 건드리며 말하자 은섬이 고개를 끄덕였다.

"긴 머리는 거추장스러워 잘랐습니다."

"잘 어울려."

잘 어울린다는 태무선의 한마디에 은섬이 고개를 푹 숙였다.

갑작스럽게 붉어질 자신의 얼굴을 들키기 싫었기 때문이었다.

한편, 그 둘의 모습을 지켜보던 연소하는 백발의 여인이 은섬이라는 것을 깨닫고는 그녀의 변화에 놀라면서도 씁쓸한 마음이 들었다.

"이제 남은 것은 황룡산과 진사은인가."

"네. 백화궁이 합류할지 안 할지는 모르겠으나. 전력이 도움이 될 겁니다."

"무림맹은?"

"이제 이주 안쪽으로 도착할 겁니다. 규모가 커짐에 따라서 이동속도가 다소 느려진 모양입니다."

"우리에겐 다행이네."

"예. 문제는 사악교입니다. 그들이 가만히 있진 않을 텐데… 그렇다고 큰 움직임을 보이는 것도 아닙니다."

"그 녀석들도 굳이 전면에 나서려 하진 않겠지."

무림맹과 마교의 싸움을 가장 반길 이가 있다면 사악교라 할 수 있었다.

그들은 그저 무림맹과 마교의 싸움을 지켜보다가 적절한 시기에 맞춰 진출하면 된다.

그리곤 상처 입은 승자를 집어삼키는 것으로 손쉬운 승리를 쟁취할 것이다.

"준비하겠습니다."

"응 부탁해."

은섬이 돌아서자 그 둘의 대화를 듣고 있던 연소하는 자신이 끼어들 틈이 없음을 깨달았다.

마교의 교주와 상가의 여식인 자신의 사이에서는 보이지 않는 거대한 간극이 존재했다.

조용히 일어선 연소하가 태무선에게로 다가섰다.

"이번 싸움이 전부가 아닌 거지?"

"아마도. 무림맹 다음엔 사악교가 있으니까."

"세상 모두와 싸우려 하네."

"어쩌다 보니 그렇게 됐네."

"그럼 당연히 물자들도 필요하겠지?"

연소하 자신의 손으로 태무선의 팔을 툭 치며 말했다.

"그런 부분에서는 내가 도와줄 수 있어. 물론, 네가 이긴다는 보장 하에."

"이기고 나서 말해줄게."

"그러도록 해."

연소하는 한걸음 뒤로 물러섰다.

그게 자신과 태무선의 거리였다.

한편, 마중혁이 도착하고 얼마안가 녹색의 행렬이 길게 이어지면서 그 중심부에 선 황룡산이 태무선을 찾아왔다.

"잘 지냈냐."

가는 길에 해산문의 뒤통수를 때려준 황룡산은 자신을 죽일 듯이 노려보는 해산문을 가볍게 무시하고 지나가 태무선을 찾았다.

"우리의 꼬맹이 교주께서는 뭘 하고 있었나."

황룡산이 늦지 않게 산적들과 함께 나타나자 태무선은 눈으로 산적들의 수를 헤아렸다.

비록, 무가의 무인들만큼 뛰어난 무공을 지닌 무사들은 아니었지만, 녹림의 산적들은 웬만한 무인들도 무시할 수 없는 무력을 지녔다.

게다가 그 수가 생각보다 상당했으니, 태무선은 만족스러운 듯 고개를 끄덕였다.

"고생했어."

"고생은 이제부터 할 게 고생이지. 그나저나 손님이 있어."

"손님?"

"이쪽이야."

황룡산이 길을 터주자 혁우운이 태무선에게로 다가섰다.

그를 알아본 태무선이 먼저 인사를 건넸다.

"검신을 쓰러뜨렸다더니 여기는 어쩐 일이야?"

"네게 진실을 전하려 왔다. 그리고 도움도 함께."

"진실이라면 네가 검신을 해하지 않았다는 건가."

"그래."

"구황천의 짓인가."

아직 제대로 된 대화를 나누지 않았음에도 태무선이 검신의 흉수에 구황천을 지목하자 혁우운이 놀란 얼굴을 한 채로 태무선을 마주했다.

"그걸 어떻게 알았지?"

"검신이 당했다는 것은 그가 목숨까지 맡길 수 있는 자에게 배신을 당했다는 뜻일 테니까. 그리고 내가 아는 한 검신이 목숨을 맡기며 믿을 수 있는 녀석은 구황천이 유일해."

"그래 네 말대로 구황천이 검신의 배를 자신의 손으로 꿰뚫었다. 내공전수가 끝난 후였지."

"이미 지나버린 진실을 얘기해주려 온 건 아닐 테고."

태무선의 시선이 혁우운의 뒤에서 옹기종기 모여 자신을 바라보는 제갈원준과 나머지 일행들을 훑었다.

노진고 장용성 그리고 능소유.

모두가 태무선이 알고 있는 어린 무인들이었다.

"네 도움을 받으러 왔다."

"내 도움?"

"그래."

＊　＊　＊

"안 됩니다!"

천막의 안쪽에서 장호련이 절대 안 된다고 불호령을 놓았다.

색목인을 처음 보는 제갈원준과 노진, 장용성과 능소유는 신기한 눈빛으로 장호련을 보면서도 그녀의 입에서 흘러나오는 능숙한 중원어에 다소 놀란 듯했다.

"지금 마교는 다가오는 무림맹을 상대하는 것도 버거운 상태예요. 그런데, 교주님께서 직접 전면에 나서서 저들의 시선을 끌라니! 절대 안 됩니다."

장호련은 절대 안 된다며 못을 박았다.

그러나 혁우운도 쉽사리 물러서지 않았다.

"만약 성공한다면 이 무의미한 싸움을 끝낼 수 있다. 마교와의 임시 동맹을 파기하고 공격을 강행한 쪽은 구황천이야. 그자가 숨겨둔 진실을 밝히면 전세를 뒤집을 수 있어."

"실패한다면요?"

장호련의 날카로운 지적에 혁우운은 입을 다물었다.

그의 말대로 성공한다면 마교와 무림맹의 싸움을 멈출 수 있다.

하지만, 반대로 실패한다면?

태무선 한 명의 죽음으로는 끝나지 않을 것이다.

이곳에, 마교와 태무선 그리고 장호련을 믿고 모여든 모든 무인들이 한 번의 실패로 몰살을 당할 것이다.

"절대 안 돼요. 교주님 저희는 계획대로 진행해요. 괜히 위험을 감수할 필요는 없습니다. 이건 무림맹의 문제이지 마교의 문제가 아니에요."

"성공한다면. 피해를 최소화 할 수 있어."

말을 마친 태무선이 뇌우명에게로 시선을 돌렸다.

"생불귀현수. 가능합니까?"

태무선의 물음에 뇌우명이 팔짱을 낀 채로 잠시 망설이다가 고개를 무겁게 끄덕였다.

"가능하다 못하다 얘기할 순 없지만, 아주 불가능한건 아닐 게다. 이미 생불귀현수로 주화입마에 든 사람을 깨웠다는 기록이 있으니까."

뇌우명은 흑선이라 불리는 의원답게 생불귀현수에 대해 알고 있었다.

"물론, 생불귀현수는 도저히 회복될 가능성이 존재하지 않는 무인에게서 마지막 유언이나 들으려고 만들어진 거지만."

애초에 생불귀현수가 생겨난 것은 갑작스러운 주화입마에 빠진 무인들의 마지막 유언을 듣기 위해 만들어졌다.

대부분 생불귀현수는 폐관수련 혹은 암수에 당해 주화입마에 빠진 한 가문의 가주나 문파의 장문인들을 깨워 후대를 정하는 데에 쓰였다.

뇌우명이 가능성이 있다고 말하자 장호련의 얼굴엔 그림자가 드리웠고, 태무선은 또 다른 가능성에 고개를 들었다.

이대로 가다간 정말로 태무선이 위험해질 거라 생각한 장호련이 급히 태무선을 불렀다.

"교주님."

"나도 알아. 네가 뭘 걱정하는지… 하지만 혁우운의 말이 사실이라면, 구황목에게서 진실을 꺼낼 수 있다면, 흘리지 않아도 될 피를 흘리지 않을 수 있어."

"이건 도박이에요. 판돈은 교주님과 저희 모두의 목숨이고요."

"변하는 건 없어."

변하는 건 없다.

구황목을 구해서 그의 입으로 진실을 전해 싸움을 멈추든, 계획이 틀어져 구황목을 빼내지 못하든.

태무선이 세운 계획은 변함이 없다.

구황천.

태무선의 목표는 단 하나였다.

 ＊   ＊   ＊

시간은 시위를 떠나간 화살처럼 빠르게 지나갔다.

그동안 태무선과 마교의 무인들 그리고 황룡산의 산적들은 적재적소에 배치되어 곧 벌어질 전투를 준비했다.

뒤늦게 합류한 기파랑은 자신들의 들개들을 태무선에게 자랑스럽게 소개했다.

"비록 덩치들은 크지 않지만, 기동성과 공격성은 더욱 강해졌소!"

"음."

기파랑의 말대로 그가 데려온 들개들은 덩치가 옛 들개들만큼 크지 않았지만, 눈빛에서 느껴지는 흉포함은 더욱 짙어졌다.

"수고했어."

"교주에게 모든 걸 걸었으니, 나도 열심히 해야 하지 않겠소. 그럼, 나는 들개들을 보러 가겠소."

기파랑은 들개들을 산적들이 있는 좌우 산속에 배치했다.

이미 들개들과 산적들은 보이지 않는 유대를 나누고 있었기에 흉포한 들개들도 산적들과는 좋은 친구가 되어주었다.

그렇게, 이튿날이 더 지나자 저 멀리서 무림맹의 상징인

용과 맹(孟)이라는 글자가 새겨진 깃발들이 속속들이 모습을 드러냈다.

쿵쿵— 쿵쿵—!

상당히 많은 수의 무인들이 구황천을 앞세워 다가오고 있었고, 이를 지켜보던 해산문은 마른침을 삼키며 심호흡했다.

"쫄았냐."

황룡산이 해산문의 어깨에 손을 올리며 묻자 해산문이 짜증스러운 얼굴로 황룡산을 쏘아봤다.

"쫄기는 누가 쫄았다고 그러냐! 나는 단지… 빨리 싸우지 못해 안달난 거라고."

"그렇다면 네가 선두에 서면 되겠네."

"뭐, 뭐? 아… 아니 나는 후방에서 싸우는 게 나을 것 같은데."

"안달 났다며?"

"만약 이곳에 장강이었다면 저놈들은 뼈도 못 추렸을 게야. 하지만 여긴 육지라고."

해산문의 장기인 수상전을 펼칠 수 없는 육지.

그는 자신의 애병기인 닻을 어깨에 걸친 채 다가오는 무림맹의 무인들을 응시했다.

쫄리지 않는다고 말은 했지만, 가슴은 세차게 두근거렸다.

"살다살다 산적의 몸으로 무림맹과 싸우게 되는구만."

황룡산은 길게 웃었다.

산적의 몸으로 녹림의 왕이 되었고, 무림오강의 한 명이
되었다.

그리고 이제는 무림맹과 전쟁을 벌이기 직전.

"교주."

자신을 부르는 황룡산의 부름에 태무선이 고개를 돌렸
다.

그곳엔 녹령환부를 든 황룡산이 적진을 바라보며 서 있
었다.

"죽지 마라."

단순명료한 경고이자 격려.

태무선은 고개를 끄덕이며 두 주먹을 말아 쥐었다.

그의 뒤에는 마중혁이 이끄는 탈혼귀영대와 마교의 무인
들이 전투를 기다리며 서 있었고, 그 뒤로는 무신각의 무
인들이 초월과 취광남을 선두에 둔 채 싸움을 기다리고 있
었다.

무신각의 무인들은 딱히 마교와 깊은 연이 있는 것은 아
니었지만, 무신각의 각주인 장호련의 뜻을 따라 전투에 참
전했다.

애초에 무의 극의를 위해서라면 무슨 짓이든 할 무인들
이었기에.

그들은 무림맹과의 싸움을 두렵기보단 기대하고 있는 모
양새였다.

"후우우."

한편, 아무도 신경 쓰지 않는 조그마한 숲속에 숨어든 혁우운과 제갈원준 그리고 그의 동료들은 숨을 죽인 채 때를 기다렸다.

그들의 역할은 간단하면서도 매우 위험한 일이었다.

"마음의 준비는 마쳤느냐."

혁우운의 물음에 제갈원준이 인상을 살짝 찡그렸다.

"글쎄요."

"준비가 안 되었어도 해야 할 것이다. 망설이거나 주춤거리면 목이 달아날 것이니."

"검신을 지키고 있는 자들이 천기단이라고 하셨죠?"

"그래."

"천기단의 전력이 어느 정도인가요."

"알아서 좋을 게 없을게다."

제갈원준은 입을 다물었다.

그의 말대로 천기단의 힘을 들어봤자. 사기에 좋을 게 없었다.

그들이 숨을 죽인 채 때를 기다리고 있을 무렵, 처음 모습을 드러낸 이후로 두 시진이 지나자 무림맹의 모습이 눈에 훤히 보일 정도로 가까워졌다.

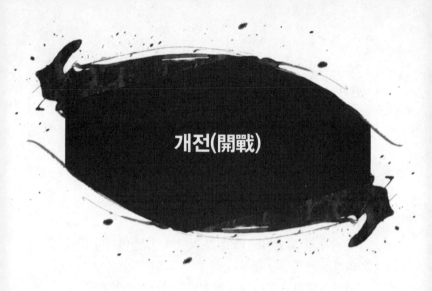

개전(開戰)

"어차피 이게 우리의 운명이야. 언젠간 이렇게 될 일이
지… 그렇다면 피차 미련이 생기기전에 빨리 정리해두는
게 낫지 않겠나."

궤변.

구황천의 말은 궤변이었으나 태무선은 별로 개의치 않았
다.

그저 자신의 앞에 선 구황천을 무심히 내려다보았다.

"좋은 장소를 골라뒀더군, 나를 이곳까지 유인한 것도
이곳에서 싸우기 위함이겠지."

"그래."

태무선은 솔직하게 말했고, 구황천은 미소 지었다.

"나를 유인한다는 걸 알면서도 나는 이곳에 왔다. 왜인지 아느냐."

"글쎄다."

"네놈들이 무슨 짓을 해도 무림맹을 이길 순 없을 테니까."

그의 말대로 구황천의 뒤에 도열한 무림맹의 전력은 어마어마했다.

이미 봉문했던 문파들에게서도 무인들이 차출됐고, 소위 명문무가라 칭해지는 곳에서도 무인들을 보내왔다.

"하지만 그간의 정이 없다고는 할 수 없으니. 네게 선택지를 주마."

구황천은 손끝으로 태무선을 칼날처럼 겨누며 말했다.

"네가 내 손에 죽어준다면, 조용히 물러서마. 알겠느냐. 네 한 명의 목숨으로 무림맹에 대적하려했던 이 비천한 것들을 모두 살려준다는 말이다."

싸늘하다 못해 비정한 얼굴로 구황천은 한쪽 입꼬리를 말아 올렸다.

"자 선택해라. 태무선."

* * *

"휴! 늦지 않아서 다행이야."

높다란 봉우리에 올라선 비현은 저 멀리서 보이는 구황천과 태무선을 응시했다.

"우리의 맹주께서 힘을 과하게 쓰셨네."

구황천의 뒤로 도열한 맹의 무인들은 상당했다.

저 정도 전력이라면 사악교와도 싸움을 벌일 수 있을 정도.

비현은 구황천이 전력을 다하고 있음을 깨달았다.

"재미있는 구경이 되겠어."

비현의 앞으로 다과상이 차려졌고, 익숙한 듯 의자에 앉은 비현은 턱을 괸 채로 전장을 내려다보았다.

정말로 재미있는 구경이 아닐 수 없었다.

승자는 아직 정해지지 않았으며, 누가 승리하든 비현은 아쉬울 게 없었다.

다만…….

"부디 늦지 않게 개화해줬으면 좋겠는데."

비현은 흥미로운 눈빛으로 태무선을 내려다보았다.

그에게 심어둔 씨앗이 아직 개화하지 않았다. 만약, 그의 씨앗이 개화한다면?

아주 재미있는 일이 벌어질게 분명했다.

"부디 너무 쉽게 죽지 말아줘요. 태소협."

차려진 다과 중 하나를 고운 손가락으로 집어든 비현은 이를 입에 넣고 씹었다.

오독—!

*   *   *

"할 말은 그게 전부야?"

태무선이 귀를 후비며 묻자 구황천의 입가에서 미소가 지워졌다.

"나는 네가 쓸 만한 녀석이라고 생각했는데… 이제 보니 그저 그런 녀석이었네."

"다 쓰러져가는 마교의 교주 따위가 날 평가할 수 있을 거라 생각하느냐. 내 기껏 네게 기회를 줬건만, 결국 네놈은 내가 준 기회를 저버리는군."

"필요 없으니까."

"필요 없다라… 두고 보면 알게 되겠지. 네 이번 결정이 너의 모든 것을 파멸시키게 됐음을!"

구황천이 천명검을 치켜들었다.

천명검의 유려한 검신에서 백색의 검강이 솟구쳤다.

"오늘에서야 비로소 검신께서 마무리 짓지 못한 일을 내가 마무리 짓겠다."

스으―!

구황천의 천명검이 태무선을 겨냥했고, 구황천이 선언했다.

"오늘 마교는 나 구황천의 손에 무너질 것이다."

"폼 잡기는."

툭―!

구황천은 무심한 눈빛으로 자신의 앞에 다가온 태무선을 응시했고, 태무선은 자신에게 겨누어진 천명검을 무시한 채 손을 들었다.

"무인이란 것들은 말이 너무 많아."

무인들은 말이 너무 많다.

그냥 싸우면 될 것을.

꽝—!

태무선과 구황천의 사이에서 거대한 폭발이 일어났고, 뒤로 밀려난 구황천의 천명검이 구슬픈 검명을 울리며 진동했다.

무림맹과 마교의 싸움은 그렇게 시작됐다.

"가라!"

"막아!"

뚫으려는 무림맹과 막으려는 마교의 싸움.

무림맹의 무인들은 비탈길을 매섭게 달려 나갔고, 이를 지켜보던 해산문이 자신의 녹령환부를 들어올려 이를 바닥에 내리찍었다.

"일단 처음 만났으니, 선물부터 주지. 잘 부탁한다고!"

땅에 박혀 있던 녹령환부에서 짙은 녹색의 빛이 번쩍이더니 이내 능선의 토양이 터져나가며 진동했다.

덕분에 비탈길을 달려가던 무인들이 균형을 잃고 쓰러지거나 주저앉았고, 그런 무인들의 위로 흙더미가 해일처럼 덮쳐왔다.

"자 그럼 나도 가볼까!"

붕—!

단 한 번의 도약으로 몇 장의 거리를 뛰어넘은 황룡산이 바닥에 내려앉는 충격으로만 주변의 무인들이 튕겨나갔다.

"이놈! 어디 산적 주제에 무림맹에 대적하려 하는가!"

이마에 주홍색 영웅건을 두른 무인들이 검을 쥐고 황룡산을 향해 마주섰다.

그들의 숫자는 총 열다섯 명.

"산적··· 산적은 비천하다고 노래를 부르면서 정작 산적한 명을 상대로 대가리가 좀 많네?"

황룡산이 녹령환부를 어깨에 둘러메고 히죽거리며 웃자주홍색의 영웅건을 두른 무인들이 얼굴을 굳혔다.

그러나 그들은 자존심을 내세우기보다는 넓게 포진하여황룡산을 에워쌌다.

산적이라 황룡산을 모욕했지만 사실 산적이란 건 아무의미도 없었다.

왜냐하면 그는 녹림의 거웅이자.

무림오강 중 한 명이었으니.

"자 누가 먼저 올 텐가."

마치 선수를 양보해주듯 황룡산이 여유롭게 손을 뻗었다. 녹령환부는 여전히 황룡산의 어깨에 둘러져 있었다.

열다섯 명의 무인들이 우물쭈물하며 먼저 나서는 이가없자 황룡산은 한숨을 푹 내쉬었다.

"무림맹이라 하여 기대했건만, 이렇게 인재가 없어서야."

"내가 상대해주지."

그런데 그때 한 손에 검을 쥔 중년인이 모습을 드러냈다. 그러자 주홍색 영웅건을 두른 열다섯 명의 무인들이 길을 터주며 탄성을 내질렀다.

"황산검 거대협이다."

"황산검!"

황산검이라 불리는 거중운의 등장에 맹의 무인들은 환호했다.

"황산검이라… 예전에 들어본 적이 있던 것 같은데."

"황산에서 터를 잡고 무고한 주민들을 약탈하던 도적떼들을 도륙내고 얻은 별호다. 딱 네놈과 같은 놈들이었지."

"나와 같았다고? 그럴 리가 없을 텐데."

"비열한 도적놈들… 나는 아무 노력도 하지 않고 무고한 이들의 재산과 목숨을 빼앗는 산적 놈들을 도저히 용서할 수 없다."

거중운이 자세를 낮추며 검을 비스듬히 들어올렸다.

"특히나 산적 따위가 무림오강이라니 인정할 수 없는 일이지."

"그렇게 못마땅하면 강해지지 그랬냐. 산적 따위에게 무림오강을 내어주고 싶지 않으면."

"안 그래도 오늘 네놈의 목을 잘라 진정한 무림 오강이 누구인지 똑똑히 보여주마!"

거중운이 몸을 날렸다. 그의 속도는 매우 재빨랐고, 비스듬히 세워진 검은 꽤나 빠른 속도로 황룡산의 목을 노렸다.

"호."

황룡산이 고개를 젖혀 거중운의 찌르기를 피하자 거중운이 회심의 미소를 지었다.

'멍청하긴!'

황산검 거중운의 장기는 바로 환검.

찌르기에 실패한 거중운의 검이 위로 솟구치며 곧바로 다섯 개의 칼날로 나뉘어져 황룡산을 덮쳐들었다.

"환검이라."

서걱─!

황룡산의 가슴에서 붉은 선혈이 튀어 올랐다.

거중운의 검이 황룡산의 가슴을 벤 것이다.

"하! 천하의 거웅도 별거 아니었군."

자신의 검으로 황룡산의 가슴을 벤 거중운은 피를 흘리며 비틀거리는 황룡산을 비웃었다.

'역시 소문은 믿을 게 못돼.'

녹림의 거웅은 상대가 거의 없다시피 한 괴물이라는 소문이 중원에 파다했다. 하지만 직접 겪어본 황룡산은 일류 무인 그 이상에 지나지 않았다.

"끝이다!"

거중운은 자신의 검을 다시 한번 비스듬히 들어 황룡산의 가슴에 찔러 넣었다.

푹─!

거중운의 검이 황룡산의 가슴에 박히자 맹의 무인들은 일제히 환호했다.

"황산검이 녹림의 거웅을 쓰러뜨렸다!"

"역시 황산검!"

"산적 따위와는 비교도 할 수 없지!"

무인들의 환호에 기뻐하던 거중운의 얼굴이 점점 딱딱하게 굳어갔다. 그는 믿을 수 없다는 듯한 얼굴로 황룡산의 뒤로 젖혀진 얼굴을 살폈다.

'그럴 리가 없다.'

그의 내력을 머금은 검은 정확히 가슴을 찔렀다. 아니 그 전에는 가슴을 베었고, 피가 솟구친 것을 확인했다.

솟구쳤다? 정말로 솟구쳤나?

거중운은 황룡산의 가슴에 새겨진 검상을 확인했다.

분명히 녹빛의 무복이 잘려나가며 그 사이로 피가 배어나왔지만, 지금은 더 이상 피가 흐르지 않고 있었다.

'뭔가 잘못됐다.'

무언가 잘못되었음을 깨달은 거중운이 자신의 검을 빼내려했지만 황룡산의 가슴에 박힌 그의 검은 아무리 힘을 주어도 꼼짝하지 않았다.

"그래 네가 보여줄 수 있는 건 다 보여준 건가?"

"어떻게… 살아 있는 거지!?"

"멍청한 말이구나. 내가 언제는 죽어 있었냐?"

"말도 안 돼……."

"보여줄게 더 없으면 이젠 내 차례다."

황룡산이 어깨에 둘러멘 자신의 녹령환부를 치켜들어 그대로 거중운을 베었다.

꽝—!

녹령환부의 부신이 바닥에 내리꽂혔고, 검을 들고 있던 거중운의 몸이 좌우로 벌어지며 쓰러졌다.

단 한 번의 일격으로 황산검 거중운의 몸이 두 동강 난 것이다.

"히익!"

"화, 황산검이 죽었다!"

거중운의 죽음에 놀란 맹의 무인들이 주춤거리며 물러서자 황룡산이 녹령환부를 들어올리며 말했다.

"다음은 누구냐."

*   *   *

"복수의 때가 왔다. 드디어!"

구황천과 태무선이 맞붙고, 황룡산이 전장에서 활개를 치고 있는 사이 마중혁은 탈혼귀영대를 이끌고 전장으로 나섰다. 나머지 마교의 무인들이 후방에서 대기했고, 오로지 탈혼귀영대만을 끌고 전장에 나선 마중혁은 자신의 도를 뽑아들며 외쳤다.

"전열을 무너뜨려라."

"존명."

탈혼귀영대가 전장을 향해 내달렸다.

이리의 형상을 한 묵색의 갑옷 때문인지 탈혼귀영대의 움직임은 그다지 빠르지 않았다.

하지만 그들은 돌격했고, 무림맹의 무인들은 감히 탈혼귀영대의 전진을 막을 엄두조차 내지 못했다.

"이것들은 뭐야!"

"이리의 형상을 한 검은 갑옷… 타, 탈혼귀영대다!"

탈혼귀영대를 알아본 맹의 무인들이 겁에 질린 얼굴로 뒤로 물러섰다.

그러나 탈혼귀영대는 물러서는 맹의 무인들을 봐줄 만큼 온화하지 않았다. 오히려 참혹했다. 검과 도를 뽑아든 탈혼귀영대의 칼날이 맹의 무인들을 덮쳐왔고, 마중혁은 낮게 가라앉은 눈길로 맹의 무인들을 훑어봤다.

'조무래기들은 아무래도 좋다. 우두머리를 쳐야 해.'

황룡산이 싸움을 개시하자 숲속에서 숨을 죽이고 있던 산적들도 기파랑의 들개들과 함께 전장에 나섰다.

숲속 양쪽에서 나타난 산적들에 의해 맹의 무인들은 고전을 면치 못했고, 세 방향에서 공격해오는 적들에 의해 맹의 무인들이 밀려나기 시작했다.

그러나 마중혁은 이게 일시적인 현상이라 생각했다.

'수적으로는 우리가 절대적으로 불리해.'

무공의 질적으로 보나 무인들의 숫자로 보나 여전히 불리한 것은 마교였다.

그나마 황룡산과 탈혼귀영대의 활약으로 마교가 유리해 보이는 것은 사실이나, 곧 맹의 무인들이 전열을 가다듬고 반격을 가해올 것이다.

이러한 마중혁의 예상대로 맹의 무인들은 각 문파의 수

장들이 나서는 것으로 전열을 가다듬기 시작했다.

"당황하지 마라! 저들은 한낱 산적과 마교 나부랭이에 불과하다!"

"전열을 가다듬어! 검진을 만들어 대항한다!"

"물러서지 마라!"

각 문파의 수장들이나 장로급 무인들이 무인들을 격려하며 나서자 산적들이 대거 죽어나가기 시작했다.

그나마 전장을 누비는 들개들이 산적들을 돕고 있어 녹림의 산적들과 맹의 무인들은 미묘한 균형을 맞추며 전투를 이어나갔다.

"탈혼귀영대!"

마중혁의 외침에 묵색갑옷의 무인들이 고개를 쳐들었다.

"길을 터라. 목표는 북서쪽."

명령을 받은 탈혼귀영대의 무인들이 대형을 삼각모양으로 바꿔 돌진했다.

당황한 맹의 무인들이 탈혼귀영대의 돌진에 밀려나며 길을 터주자 마중혁이 두 다리에 힘을 주어 내달렸다.

그의 목표는 무인들을 지휘하며 산적들을 빠르게 베어나가고 있는 도를 쥔 중년 무인.

그 역시 다가오는 마중혁을 느꼈는지 이를 드러내며 기운을 끌어올렸다.

"마흉도! 드디어 네놈을 만나는구나!"

"네가 뭔데."

빠르게 날아든 마중혁의 도와 중년 무인의 도가 허공에서 맞부딪쳤다.

불똥이 튀기고, 강력한 두 기운이 서로를 잡아먹을 듯 강렬한 기세로 부딪쳐댔다.

"난 양랑문의 문주 양우철이다! 네놈의 손에 목숨을 잃은 양문극이 나의 형님이었지!"

"누군지 기억도 안 나는데."

"그렇겠지… 하지만 걱정 마라. 내 곧 저승으로 보내줄 테니!"

양우철의 매서운 도기가 마중혁을 사방에서 베어들었다.

두 걸음 물러서며 숨을 고른 마중혁은 양우철을 지그시 노려보며 이를 악물었다.

"미안하지만, 아직 그럴 순 없거든!"

마중혁의 도에서 흉포한 기운이 쏟아지더니 양우철의 검을 쳐내며 기운을 한껏 끌어올렸다.

귀진무형참.

마중혁의 신형이 다섯 개로 나눠지며 양우철을 다섯 방향에서 베어 넘겼다.

다섯 번의 참격을 모두 막아내기란 불가능.

양우철은 피를 흘리며 주저앉았고, 마중혁은 주저앉은 양우철을 뒤로한 채 맹수처럼 포효했다.

"자신 있다면 내게 덤벼라! 내가 바로 마흉도 마중혁이다!"

한 문파의 문주였던 양우철을 단 한수에 쓰러뜨린 마중혁의 포효에 맹의 무인들은 감히 덤벼들지 못하고 주춤거렸다.

그 무렵 전장을 흥미롭게 훑어보던 비현은 자신의 옆머리를 귀 뒤로 쓸어 넘기며 찻잔을 들었다.

"흥미롭네요."

"어느 부분이 말씀이십니까."

어느새 비현의 옆자리를 차지한 백은섭의 물음에 비현이 가볍게 웃으며 손가락으로 전장을 가리켰다.

"마교의 움직임이 이상하지 않아요?"

"확실히… 무모한 느낌이 없지 않아 있습니다만, 그건 어디까지나 수적 열세를 극복하기 위한 수단일 겁니다. 기세를 꺾기 위함이죠."

"저도 그런 거라 생각했어요. 하지만… 아무래도 태소협에겐 다른 꿍꿍이가 있는 것 같네요."

뜻 모를 말을 중얼거리던 비현은 구황천과 힘을 겨루고 있는 태무선을 바라보며 입술을 달싹였다.

"무슨 꿍꿍이인지 너무 궁금한걸요. 홋."

꽝—!

구황천의 신형이 뒤로 주르륵 밀려났고, 그의 천명검이 다시 한번 부르르 떨렸다.

"강하구나. 확실히 넌 강해."

검을 고쳐 쥔 구황천은 자신의 검으로 어깨를 가볍게 두드렸다.

"만약, 검신께서 받은 힘이 아니었다면. 난 네게 졌을지도 모르지."

"거 참 말 많네."

"하하하! 맞아. 내가 말이 좀 많았지. 하지만 이해해주라고. 난 이 싸움을 최대한 즐기고 싶거든, 네가 내 손에 죽기 전까지 말이야."

"그런 거라면 이제부턴 전력을 다 해야 할 거야."

"응?"

툭—!

태무선이 구황천의 바로 앞까지 다가와 주먹을 내밀었고, 구황천은 본능적으로 천명검의 검신으로 태무선의 주먹을 막아냈다.

"진짜 죽기 싫으면."

차가운 태무선의 말이 끝나자마자 구황천의 신형이 펑—! 소리와 함께 날아가 바닥을 굴렀다.

"큽!"

검을 쥔 손바닥에서 피가 배어나왔고, 입안에서는 내상으로 인해 끓어오른 핏덩이로 인해 비린 맛이 났다.

"큽… 크하하하!"

꺾였던 상체를 들어올린 구황천은 자신을 향해 뚜벅뚜벅 걸어오는 태무선을 똑바로 응시했다.

다가오는 한걸음 한걸음에 엄청난 기운이 느껴졌다.

그야말로 전율이 느껴지는 강함.

"이 힘을 시험해보기에 아주 적당한 상대야."

구황천이 비릿한 웃음을 지으며 천명검을 들어올렸다.

곧이어 그의 몸에서 검신의 것과 닮아 있는 기운이 솟구쳤다.

쿵―!

하늘로 날아오른 구황천이 내지른 검과 태무선의 주먹이 서로를 향했다.

* * *

"저기 있다."

혁우운은 구황천이 태무선과의 싸움으로 정신이 팔려 있는 사이 구황목이 들어 있는 마차로 접근하는데 성공했다.

하지만 문제는 마차를 지키고 있는 천기단이었다.

그들은 개개인의 힘이 한 문파의 장로급에 달하기 때문에 웬만한 힘으로는 천기단의 무인을 쓰러뜨릴 순 없었다.

심호흡을 하며 기운을 갈무리하던 혁우운은 수풀 속에서 모습을 드러냈다.

"거기 계셨습니까."

곧이어 혁우운을 발견한 구휼이 자신의 검을 반쯤 뽑아든 채 혁우운과 마주섰다.

"한때나마 천기단을 이끌던 혁대협께서 마교의 편에 서서 무엇을 하시는 겁니까."

"내가 무엇을 위해 이곳에 왔을 거라 생각하는가."

"잘 모르겠군요. 무엇을 위해 오셨습니까."

"난 진실을 밝히고 싶을 뿐이네. 자네도 보지 않았는가. 검신의 흉수가 누구인지…….."

"글쎄요 누구인지가 중요한 겁니까?"

"뭐라고?"

구휼은 검을 완전히 뽑아들었고, 그의 뒤로 천기단의 무인들이 각자의 검을 뽑아들었다.

"말씀드렸잖습니까. 누구인지가 중요하냐고… 전 중요하다고 생각하지 않습니다. 정말로 중요한 것은 누가 무림맹을 이끄느냐입니다."

"천륜을 저버린 자가 맹을 이끌어야 한다고 여기는 게냐."

"아뇨."

구휼은 고개를 가로저었다.

"강한 자가 무림맹을 이끄는 겁니다. 이 세상은 강한 자의 것이니."

"권력에 눈이 멀었군."

혁우운은 구휼이 안타깝게 느껴졌다.

그는 누구보다 청렴한 무인이면서 무림맹을 수호하기 위해 자신의 모든 것을 바칠 준비가 되어 있는 진정한 천기단의 무인이었다.

그런데 지금의 구휼은 그렇지 않았다.

권력에 눈이 멀어.

힘에 심취하여 진실을 보려하지 않았다.

"그래도 한때 천기단을 이끄는 단주셨으니 그에 걸맞은 예우를 갖춰드려야겠지요."

구휼을 포함한 천기단의 무인들이 혁우운을 에워쌌다.

"게다가 오른팔을 잃으셨으니, 선수를 양보해드릴까 요?"

구휼이 조소를 흘리며 묻자 혁우운이 자신의 왼팔로 검을 뽑아들었다.

"그럴 필요는 없을게다."

화아아악―!

검을 쥔 혁우운은 검을 쥐지 않은 혁우운과는 전혀 딴판이었다. 거력의 기운이 소용돌이치며 주변을 압도하기 시작했고, 거대한 존재감이 구휼을 포함한 천기단의 무인들을 휘어 감았다.

'역시 혁우운은 혁우운인가?'

피부가 저릿저릿했고, 검을 쥔 손이 살짝 떨렸다.

본능이 혁우운과 대적하길 거부하고 있는 것이다.

"자 내가 선배이니만큼 선수를 양보해주마."

흐름이 바뀌었다.

혁우운이 턱을 들어올리며 구휼을 내려다보았다.

"덤벼보아라 애송이."

"후회하게 해드리죠. 선배."

구휼을 포함한 천기단의 무인들이 일제히 혁우운을 향해

달려들었다.

일대 다수의 싸움.

결코 정정당당하다고 할 수 없었지만, 그 누구도 구휼과 천기단의 무인들을 욕하진 못하리라.

총 여섯 명의 무인들이 혁우운을 사방에서 공격했다.

그러나 혁우운은 짧은 검격으로 그들의 공격을 모조리 막아냈다.

마지막으로 구휼이 내지른 빗살처럼 날아드는 참격마저 막아낸 혁우운이 자신의 앞에 선 구휼을 향해 말했다.

"이젠 내 차례군."

"쳇!"

구우우웅─!

혁우운의 검에서 푸른빛의 뇌전이 흘러나오기 시작했다. 그의 기운이 범상치 않음을 깨달은 구휼이 천기단의 무인들과 함께 뒤로 물러서자 혁우운이 검을 휘둘렀다.

그의 검에서 뿜어져 나온 푸른빛의 참격이 주변일대를 덮쳤고, 거대한 폭발을 만들어냈다.

"큭! 제기랄… 마차를 다른 곳으로 옮겨!"

"알겠습니다."

두 명의 천기단이 구황목이 담겨 있는 마차를 다른 곳으로 옮기기 시작했다. 이대로 가다간 혁우운의 검기가 마차를 터트릴게 분명했기 때문이었다.

"방해꾼도 사라졌으니 본격적으로 해봅시다."

검을 고쳐 쥔 구휼이 내공을 끌어올리며 으르렁대자 혁우운이 만족한 듯 자신의 외팔로 검을 높게 들어올렸다.

"그러도록 하지."

혁우운의 공격에 의해 마차가 다른 곳으로 옮겨지자 제갈원준과 일행들은 조심스럽게 마차를 향해 움직였다.

"상대는 두 명이지만 둘 다 천기단의 무인들이야. 그러니 나와 오유하 그리고 노진과 장용성이 각각 한 명씩을 맡고 마차는 능소유. 네가 맡아."

"으, 응!"

가장 강한 무력을 지닌 제갈원준과 장용성이 각각 한 명씩을 맡고, 오유하와 노진이 그 뒤를 보조한다.

상대적으로 무공이 떨어지는 능소유가 마차를 맡기로 하자 제갈원준은 마차가 더 외진 곳으로 가기를 기다렸고, 마차가 멈춰서는 사이 제갈원준이 몸을 일으켰다.

"가……."

몸을 움직이려는 순간, 제갈원준의 앞으로 능소유가 피를 흩뿌리며 쓰러졌다.

"능소유?"

피를 흘리며 쓰러진 능소유의 뒤로 세 개의 그림자가 모습을 드러냈다.

이를 발견한 제갈원준이 다급히 소리쳤다.

"물러서!"

        *   *   *

뚝— 뚝—!

물방울이 떨어지는 소리 외에는 아무것도 들리지 않는 지하감옥.

그곳에 갇힌 구황경은 메마른 눈길로 허공을 응시했다.

얼마간의 시간이 지났는지 알 수 없었다.

다만, 수십 번의 밤이 지나갔으리라 추측할 뿐이었다.

"자 밥이다!"

이따금씩 찾아오는 간수들은 온갖 음식물이 섞여 있는 쓰레기나 다름없는 음식덩어리를 구황경의 앞에 내던지고 사라졌다.

으적— 으적—!

구황기는 이 상황이 익숙한 듯 바닥에 떨어진 음식을 주워 먹으며 짐승 같은 소리를 냈다.

"아버지."

구황경의 마른 입술을 타고 아버지라는 말이 흘러나오자 구황기가 화들짝 놀라며 고개를 들었다.

그러자 구황경이 다시 한번 고개를 떨구었다.

"아버지……."

"크흐흐 내가 내 자식으로부터 아버지라는 얘기를 듣게 될 줄은 꿈에도 몰랐구나. 특히나 경이 네게 아버지란 얘기를 들을 줄이야."

"죄송합니다."

사슬에 묶인 구황경은 바닥을 기어 구황기의 곁으로 다가섰다. 지하감옥에 들어온 지 꽤 오랜 시간이 지나서야 구황경이 구황기의 곁으로 다가선 것이다.

구황기는 다리가 잘린 채로 자신을 향해 기어오는 구황경을 안쓰럽게 바라봤다.

"아들아……."

"아버지. 만약 이곳에서 벗어나게 된다면 아버지는 무엇을 할 겁니까."

"그 아이를 만날 것이다."

그 아이가 비현을 말하는 것임을 알고 있던 구황경은 구황기의 탁한 눈동자를 응시하며 물었다.

"그리곤 무엇을 할 겁니까."

"그저 묻고 싶구나. 나는 그 아이에게 무슨 의미였는지……."

"그렇군요."

고개를 떨군 구황경은 어깨를 들썩이며 흐느꼈고, 그의 흐느낌을 느낀 구황기가 손을 뻗어 구황경의 어깨를 감싸주었다.

"너도 보지 않았느냐. 그 아이의 아름다움을."

구황기는 수십 년의 세월이 흘렀음에도 비현에게서 벗어나지 못했다. 모든 것을 잃었음에도 그는 여전히 비현을 부르며 비현을 상상했다.

이 모든 것이 자신의 책임인 양 구황경은 흐느끼며 눈물을 흘렸고, 구황기는 구황경의 어깨를 토닥여주었다.

"미안합니다. 죄송합니다 아버지."

"괜찮다… 괜찮아."

"죄송합니다……."

구황경의 흐느낌은 아주 오랫동안 지하감옥을 구슬프게
울렸다.

"젠장할!"

밥 때가 되어 음식물 쓰레기더미를 들고 나타난 간수는
험상궂게 일그러진 얼굴로 구황경에게 다가갔고, 그의 동
료는 구황기에게로 걸어갔다.

간수는 구황경의 앞에 음식 쓰레기를 던졌다.

철퍽—!

음식 쓰레기는 구황경의 머리에 적중하여 그의 머리카락
을 타고 흘러내렸다.

"이 개자식아 다 큰 사내새끼가 질질 짜기는… 한 번만
더 쳐 울면 네 입을 찢어버릴 테니 조심해라! 알겠냐!"

퍽—!

간수가 주먹으로 구황경을 후려쳤고, 구황경의 마른 신
체는 간수의 손길에 하염없이 휘청였다.

"쯧."

흐느적거리는 구황경을 내려다보며 비웃고 있던 간수의
뒤로 그의 동료가 물었다.

"이보게."

"왜?"

"이 녀석 뭔가 이상한데?"

"뭐가?"

"원래 이 녀석 다리가 없었나?"

"뭐? 다리가 없긴 왜 없어. 사지를 잘랐다는 얘기는 들어본 적이 없는데."

"아냐 이것 봐!"

횃불로 비춘 구황기의 모습은 그야말로 처참했다.

구황기의 다리가 마치 짐승에게 뜯겨나간 듯 잘려 있던 것이다. 그것도 양쪽 다리가 모두.

"저게 뭔… 어?"

간수는 자신의 발목을 움켜잡아오는 손길에 놀라 고개를 숙였다.

그곳엔 구황경이 간수의 발목을 움켜쥐고 있었다.

"이 새끼가 미쳤나! 뭐하는… 끄, 끄… 끅…! 끄으윽!"

간수가 온몸을 비틀며 쓰러졌고, 이를 발견한 동료 간수가 그를 향해 달려왔다. 그리고 그 순간, 쇠사슬이 끊어지며 구황경이 천천히 몸을 일으켰다. 잘려 있던 구황경의 두 다리는 어느새 멀쩡히 붙어 있었다.

"너… 너 어떻게……!"

"입을 찢는다고 하였느냐."

"끄으윽……!"

흡기를 당해 온몸이 쪼그라든 간수를 차가운 시선으로

내려다보던 구황경은 자신의 손길로 간수의 입을 잡아 강제로 벌렸다.

"꺽… 꺼억! 꺽!"

쫘악—!

간수의 입이 쫙 소리를 내며 찢겨졌고, 이를 지켜보던 동료 간수는 두 다리를 벌벌 떨며 두려워했다.

어둠 속에서 몸을 일으킨 구황경은 떨고 있는 간수에게 다가가 그의 어깨에 손을 올렸다. 그리곤 말했다.

"밖으로 안내해라. 나갈 때가 되었으니."

〈다음 권에 계속〉

284

어울림 BOOKS
신인 작가 대모집!

어울림 출판사는 무한한 상상력과 뜨거운 열정을 가진 작가 여러분을 기다리고 있습니다.

창작에 대한 열의가 위대한 작품으로 꽃피울 수 있도록 저희 어울림 출판사가 여러분의 힘이 돼 드리겠습니다.

지금 도전하십시오!

모집 분야 : 판타지, 역사, 무협, 로맨스 등

모집 대상 : 아마추어, 인터넷 작가등 열정을 가진 모든 작가

모집 기한 : 수시 모집

작품 접수 방법 : 당사 네이버 카페 또는 이메일을 이용해 주십시오.

파일 형식은 제한이 없으나 원활한 원고 검토를 위해 '.HWP' 형식으로 보내주시고, 파일에 연락처도 함께 기재해주시면 됩니다.

채택된 작품은 정식 계약을 통해 출판물로 간행됩니다.

간행된 출판물은 당사의 유통망을 이용하여 전국 서점으로 배포됩니다.

※ 문의 사항은 네이버 카페(http://cafe.naver.com/oulim0120)를 이용하시기 바랍니다.

경기도 고양시 일산동구 장항동 43-55 성우사카르타워 801호

어울림 출판사 신인 작가 담당자 앞

전화 031) 919-0122 / **E-mail** 5ullim@daum.net

OULIM MODERN FANTASY

[떡볶이 팔아서 재벌이 된다???]

김밥 팔아서 천 억대 자산가가 된 윤복자 여사.
그녀가 선택한 후계자는 욕심 많은 장남이 아니었다.

[더 셰프 시스템 온]

"이, 이건 뭐지?"

큰아버지의 음모로 인해 모든 것을 잃은 강진우.
하지만 할머니의 진정한 유산은 돈이 아니었다.
미스터 분식왕, 또 다른 성공신화를 이루어

미스터

분식왕

즐펜 현대판타지 장편소설

O U L I M   M O D E R N   F A N T A S Y

[라스트 미션]

돌연 나타난 세기의 어플
선택받은 '플레이어'들은 응답하라.

[퀘스트를 선고하시겠습니까?]

남들과 다른 길을 걷는다.
수요자가 아닌 공급자.

"내가 너희를 키워주마."

이야기의 끝. 이야기의 시작.
플레이어가 아닌 적합자
'빌런'이 되어 왕좌에 군림하라!

리디어 현대판타지 장편소설

퀘스트 내는

빌런
VILLAIN

어울림
BOOKS

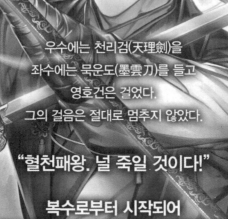

우수에는 천리검(天理劍)을
좌수에는 묵운도(墨雲刀)를 들고
영호건은 걸었다.
그의 걸음은 절대로 멈추지 않았다.

"혈천패왕. 널 죽일 것이다!"

**복수로부터 시작되어
무림의 영웅이 된 사내의 이야기가 펼쳐진다!**

송세종 무협 장편소설

파천무극행

破天無極行

이울림